U0909615

献给我的父母

阿蒂和马鲁克・艾拉尼

The Song of Kahunsha

没有悲伤的城市

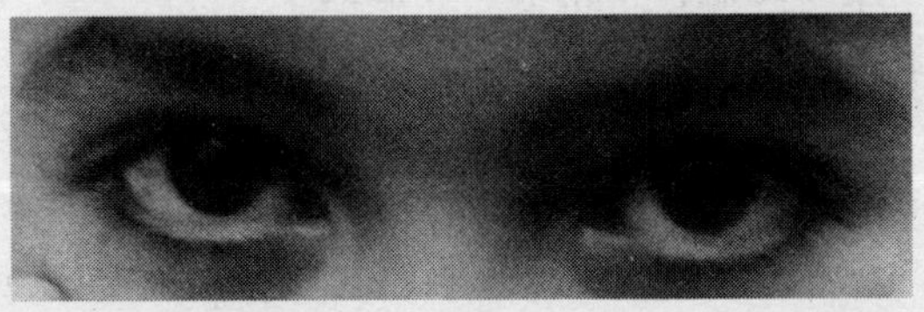

[加] 阿诺什・艾拉尼 (Anosh Irani)◎著

李馨萌◎译

陕西师范大学出版社

图书在版编目（CIP）数据

没有悲伤的城市/（加）艾拉尼著；李馨萌译. —西安：陕西师范大学出版社，2009.8
ISBN 978-7-5613-4767-6
Ⅰ.没… Ⅱ.①艾… ②李…Ⅲ.长篇小说—加拿大—现代
Ⅳ.I711.45

中国版本图书馆 CIP 数据核字（2009）第 146373 号

著作权合同登记号：陕版出图字 25－2009－103 号
图书代号：SK9N0781
上架建议：畅销书·外国文学

没有悲伤的城市

作　　者：（加）阿诺什·艾拉尼
译　　者：李馨萌
责任编辑：周　宏
特约编辑：一　草　辛　艳
装帧设计：张丽娜
出版发行：陕西师范大学出版社
（西安市陕西师大 120 信箱　邮编：710062）
印　　刷：三河市南阳印刷有限公司
开　　本：880×1230　1/32
印　　张：8
版　　次：2009 年 9 月第 1 版
印　　次：2010 年 1 月第 5 次印刷
ISBN 978-7-5613-4767-6
定　　价：25.00 元

没有悲伤的城市，在祥弟心中叫卡洪莎，如果你愿意，也可以叫它桃花源，或极乐世界。

它并不遥远，就隐藏在我们每个人心的最里端。

我们或许已经遗忘，但一定曾经拥有。

试着让我们一起来回想一下吧：亲人团聚、没有战争，人和人之间充满了关爱，更毋须为生活琐事而烦忧。

它的美好因为现实的沉重和残酷而愈发珍稀，珍稀到我们连回忆都不敢。

生怕轻轻一触就破碎，因为破碎的不只是一个梦，而是我们的童年。

越长大生活越残酷。越长大灵魂越脆弱。

亲爱的读者朋友，你们还有梦吗？

是否还渴望找到你童年心中的家乡？

或许，你该看看这本书。

看一个十岁的孩子，在最无助、最混乱的世道。如何用坚贞和智慧，捍卫那纯真的梦。

而你需要的，只是流泪，以及静静回忆。

—— 一草

全球最佳好书，顶级媒体感动推荐

● 最残酷的世界和最美丽的心灵之间的冲突，构成了本书伟大的基石。

——《时代》

● 这部小说气质上最为接近《追风筝的人》——每个人心中都有一座没有悲伤的城市，象征着友爱、亲情和幸福。这是一段自我寻找和实现的过程。

——《纽约时报》

● 100% 让人震惊和感动。名副其实的世界好书，任何一个渴望善良和美好的人都应该好好看这本书。

——《华盛顿邮报》

● 这部小说让我们认识到在苦难面前，人类所表现出的能量是多么强大和动人。

——《图书馆》

● 小说中，艾拉尼给我们描绘了一个饱满而丰富的印度下层社会。我们从中看到了种族和种族的冲突，看到了宗教和宗教的矛盾，看到了个人感情和社会制度的对立，总而言之，我们看到了真实的生活和世界，看到了时代的节奏和变迁。

——《太阳报》

● 每年的新书数以万计，但这本书的出现绝对是读书者的福音!

——《苏黎士世界周报》

● 艾拉尼透过一个孩子的视野，向我们展示了两个有着不同宗教信仰的群体在以上帝的名义互相攻击时，给个人以及整个社会造成的长期的、难以愈合的创痛。

——《出版商周刊》

● 《没有悲伤的城市》抨击了多文化社会中的宗教冲突暴行，并希望下一代——像小说主人公祥弟他们这代人，能够远离这些困扰和它所带来的伤害。

——《芝加哥论坛报》

● 在这本书的结尾，那首歌展现出了绝望之下潜藏的强烈希望。这仅存的希望超越了现实，不仅仅让两个不幸的孩子振奋起来，同样为之一振的还有读者。

——《卫报》

● 艾拉尼在他这部充满着毁灭，却又让人很意外地体味到温暖的小说中，揭示了人类社会需要更多的仁慈和关爱。

——《世界报》

● 艾拉尼是一个才华横溢的作家，狄更斯文体的情节设计和逼真的对话描写，让《没有悲伤的城市》读起来有种令人心碎的美。

——《法兰克福汇报》

● 《没有悲伤的城市》的曲调是明亮又忧郁的，书中的角色让人觉得如同牙齿般尖利，情节却像小孩子奔跑一样深入人心，令人动容。

——《加拿大环球邮报》

……

/ contents 目录 /

第一章

悲城 City of Sorrow

祥弟断定，这样的一个地方得换个名字叫卡洪莎。对他来说，这个名字的意思是“没有悲伤的城市”，他相信总有一天所有的悲伤都会消失，孟买会获得新生，变成没有悲伤的城市。

祥弟的手触到了自己的肋骨。

他试着把肋骨往回推，但是没有用，它们仍然从白背心里凸了出来。也许这是因为他只有十岁，等他再长大点，身上会有更多肉，肋骨就不这么明显了。这么想着，祥弟从孤儿院的台阶上走了下来。

祥弟光着脚站在院子里，他从来不穿拖鞋，因为他喜欢脚踩着热乎乎的土地的感觉。现在是一月初，离雨季还很远。尽管新的一年开始了，土地还是老样子，表面的裂缝比以前更深了。太阳直射着祥弟的黑头发，他不得不眯起眼睛。

祥弟伸开胳膊，向一面墙走去，在那儿他的世界结束了，而别人的世界开始了。走近那面墙，他听到了城市的声音——远处的汽车喇叭声以及电动车和摩托车的嗡嗡声。他知道孟买城比这还要喧闹得多，但是这个院子并不靠近大马路。墙外只是一个小市场，妇女们贩卖装在藤编篮子里的鱼和蔬菜，男人们蹲着给人掏耳朵，这样来挣几个卢比。

几只鸽子在墙头站成一排唧唧咕咕，墙头上插着碎玻璃，以防有人翻墙进到院子里来。祥弟心想，为什么会有人费劲潜入院子？孤儿院里又没什么可偷的。

一声很响的自行车铃声吓得两三只鸽子拍着翅膀飞走了，但是它们很快又重新占据了墙上的位置。墙上的玻璃片看来没有碍着鸽子们，它们知道将脚落在哪里。

祥弟摸着墙上的黑色石头，想着青苔会从上面长出来，他微笑。雨水会使墙上出现生机，但还得几个月他才能深深呼吸着自己喜欢的气味——第一阵雨的气味，来自满怀感激的土地得到了雨水的滋养，是他这一整年所梦想的。

只要孤儿院里能够闻到这样的气味，那就是整座城市最好的孤儿院了。

这十年对祥弟来说是艰难的，他现在开始明白很多事情。当他还是个孩子时，总有很多问题要问，但是现在那些问题似乎都有了答案，可他又害怕自己根本不喜欢那些答案。

他从墙边转过身来，向着一口用灰色水泥砌成的水井走去。

看着自己在水中的倒影，祥弟想自己究竟长得像妈妈还是爸爸。他相信自己的眼睛和妈妈一样，又大又黑。是妈妈还是爸爸把自己扔在这儿的？他想知道他们是否还活着。

祥弟一只脚跨上了井栏。

他的周围开放着三角梅，那是他最喜欢的花。粉粉的、红红的，洋溢着爱，祥弟想。如果这些花是人的话，会是世上最美的人。

祥弟的另一只脚也跨上了井栏，高高地站在上面。

孤儿院的窗户开着，他往里面瞧。大部分孩子在一张床上挤作一团，祥弟听见他们在唱“Railgaadi”。女孩们在模仿火车的咣当声，而男孩们在很快地大声喊出市镇的名字——曼达瓦、坎德瓦、赖布尔、斋浦尔、塔勒冈、马勒冈、委勒、绍拉布尔、戈尔哈布尔。祥弟心想，印度有这么多地方，可我一个都没去过。

他喜欢站在井栏上那么高的感觉。也许有一天自己会长到那么高，但这还需要很多年。而且就算他长高了，那又怎么样呢？他还是无处可去。总有一天他得离开孤儿院，没人能说再见，他走了也不会有人想他。

祥弟看着井里的水。水很静，他在想是不是要跳进去。他会灌进很多水，只要身体装得下。如果爸爸妈妈回来找他，就会发现他沉睡在井底。

想到这一点的时候，祥弟从井栏上下来了。

他朝着孤儿院快步走去，爬上了通往大堂的三级台阶。在那儿孩子们的胶皮拖鞋在地上整齐地排成一排，发黄、斑驳的墙上，一把黑伞挂在钉子上。

祥弟的脚丫在石头地板上留下了泥迹。他进了卧室，被吉奥蒂瞪了一眼，她正蹲着擦洗地板。她总是因为祥弟不穿拖鞋责骂他。

屋子里摆了二十张铁床，铁床面对面摆成两列，每列十张。

床上铺着薄床垫，盖着白床单，不过没有枕头。因为吉奥蒂在擦洗地板，孩子们都待在床上。大部分人仍然挤在窗边的一张床上，玩着一种叫 Antakshari 的游戏。他们不再唱“Railgaadi”，而正在唱 V 打头的歌曲。

吉奥蒂仍然瞪着祥弟，她把一块厚厚的灰布放进水桶里，桶里有水和洗涤剂。她把布拍在地上。祥弟看着她笑了，吉奥蒂和丈夫拉曼在孤儿院工作了很多年，祥弟知道她不会怎么样自己的。他希望吉奥蒂停下来给他倒杯茶，但是只有在擦完地板后，她才会给孩子们倒茶喝。她今天往头发上抹了发油，屋里弥漫着发油和洗涤剂混合的味道。

祥弟往吉奥蒂的大绿桶里看了一眼，水又黑又脏，他想起了那口井。于是祥弟马上移开视线，朝祈祷室看去。他确信没人会知道他刚才想跳井的事，除了那个站在祈祷室里的人，那人就像个威风凛凛的巨人一样。

祥弟没脸见那个人，他为自己曾经的想法感到羞愧，尤其是那个人比祥弟知道的任何人受的罪都要多得多。

那个人就是耶稣。

即使耶稣的双眼一定在生前看到了大量的残忍，但在他的眼中丝毫都没有体现出来。祥弟最喜欢的是耶稣头上的光环，就像是耶稣发明了电一样。当祥弟看到一个父母健在的孩子开开心心而心生嫉妒时，祥弟想到了耶稣的遭遇，耶稣满怀爱心地来到这个世界，却被钉在十字架上，流着血，带着诋毁的言辞离开。

而当想到耶稣也曾经是个孩子，后来成了人们的领袖时，祥弟又觉得很受鼓励。可即使对耶稣说话确实使祥弟感到安慰，在他祈求什么的时候，依然会感到不舒服——每天早晨，所有的孩子在祈祷室集合，他们闭上眼睛祈求。祥弟觉得这不是真正的祈祷，对他来说，真正的祈祷意味着向神传递一种正面的想法，比如谢谢你或者我爱你。那才是祈祷，而你在那里提要求的时候，祈祷室就变成了市场。

他看了看周围，看有没有人在看着他，他不希望祈祷时别人也在。耶稣从来没有回答过祥弟，但是他觉得耶稣被人们那样对待之后，他也许根本就不会再信任人了，因而他接受了耶稣的沉默。

祥弟对耶稣说，从现在起，他会学着承受悲伤，就好比悲伤是多出来的一个脚趾头一样。当他说这些的时候，他知道耶稣会为他自豪。

祥弟觉得累了，想休息一下，但同时他又不希望离开耶稣的视线，于是就躺在石头地板上，把他的想法告诉耶稣：我一定试着开心起来。祥弟知道，比起那些盲人，生病的孩子，甚至身上伤痕累累的流浪狗，他的境遇要强得多了。

祥弟觉得舒服多了。现在他能闭上眼睛，做自己最想做的事了。那是从他一出生就开始的，或者也许是从三岁时开始的，他要想象他出生的城市——孟买。

祥弟一直在孤儿院里长大，没见识过孟买城。最近，他听到的关于孟买的事情又让他很心烦。管理孤儿院的萨迪克夫人，已经有三个星期不许孩子们踏出孤儿院的大门了。

萨迪克夫人说，在阿约迪亚，一个遥远的地方，印度教徒摧毁了巴布里清真寺。现在印度教徒和穆斯林因为这事在孟买发生了冲突，街道对于孩子们来说也不安全了。

但是祥弟告诉自己，新的一年开始了。

不再有商店被抢劫，不再有出租车被烧毁，不再有人会受伤。如果这些要实实在在发生的话，祥弟必须自己一砖一瓦地重建孟买。

他闭上眼睛，看到了一只红色的皮球。

在祥弟的孟买，孩子们在街上玩板球，击打一个红色的皮球。即使击球手用力过猛，球砸到窗户上把玻璃打碎了，也不会有人生气。几秒钟之后，玻璃就会自动修复，然后游戏重新开始。裁判是一个开烟草店的老头，即使他因为得卖香烟、槟榔和坚果而没法集中精力，他也有本事将比赛一个球一个球地在脑子里重新过一遍。投球手用一种奇怪的方式投球，他往回跑，根本不看球柱，就把球高高地抛上天空。击球手如果有经验的话，就会耐心等着球在一到七分钟的时间内落下来。当球落下来时，它急速旋转着，让每个人都眼花缭乱。

祥弟看到人们在庆祝胡里节，在一天或一周的时间里，人人走上街头，打着朵尔鼓跳着舞，往空中撒彩色的粉末，然后跳进彩色粉末里，身上也变成彩色的。人们最后明白了胡里节的真正意义——如果他们的脸染上了绿色，那么接下来的几天孟买就会呈现一片繁荣景象，男人、女人和孩子们都会轻易地解除烦恼。如果他们胸前染上了红色，就意味着他们会恋爱结婚。人们知道的所有颜色都会像朋友一样来到孟买人身边，人们也会变成它们的样子。

但是祥弟断定，这样的一个地方得换个名字，于是他就起了个新名字，大声说："卡洪莎。"对他来说，这个名字的意思是"没有悲伤的城市"，他相信总有一天所有的悲伤都会消失，孟买会获得新生，变成没有悲伤的城市。

祥弟醒来的时候，他又振作了起来。

他走进卧室，看到了小普什帕坐在她自己的床上，头靠着墙，正沉重地呼吸着。她有哮喘病。有一天夜里，普什帕叫醒祥弟，说她要死了。没有人要死，祥弟回答，心里却很害怕，因为他也做不了什么。他拍拍普什帕的头，向耶稣祈祷，虽然他觉得在普什帕都要喘不上气的时候，祈祷也没什么意义。过了一会儿，他就只能坐在黑暗中，听着普什帕大口大口抽气的声音。

而这会儿，普什帕正捻着自己的头发，沉浸在幻想中，祥弟很高兴没见她不舒服。

虽然从阳面的祈祷室投射了一点光线进来，卧室仍然很暗。

祥弟看着微光之下的孩子们。从我们的眼睛里，能看出来我们是孤儿，他想。如果很多年以后再看到这些孩子，那时候他们已经长大成人，但他还是能认出他们来。

祥弟转过身看着邓都。邓都是个怕鬼的孩子，睡觉都睁着一只眼。尽管他是孤儿院里最壮实的孩子，但他还是怕鬼。他相信如果自己睡着了，鬼就会进入到他身体里面，他就会像孤魂一样，被赶出自己的身体过夜。在晚上，邓都总说着一种奇怪的话，他说是从鬼那里学来的。他能听到那些鬼在打架，决定着谁先占有他的身体。每隔一天晚上，没什么事做的时候，孩子们都会看邓都被鬼侵犯的热闹。

凯迟躺在地板上。凯迟和其他孩子长得不一样，他长着绿眼睛和白皙的皮肤，因为他来自尼泊尔。祥弟很庆幸凯迟这时候睡着了，因为他总是像把剪刀一样插进别人的谈话。而现在，凯迟安静得像块石头，祥弟从他身上迈了过去。

卧室里的老座钟响了三声，祥弟反应过来他错过了午饭。午饭并没有多少，也就是一碗米饭和一点蔬菜，但至少能填饱肚子。他在想为什么没人去祈祷室叫醒他，尤其是萨迪克夫人。

除了耶稣，萨迪克夫人也许是祥弟唯一能交心的人了，她从祥弟还是个婴儿的时候就一直照顾他。但他还不能完全信任萨迪克夫人，他觉得萨迪克夫人在向他隐瞒着什么。这些年来，萨迪克夫人把祥弟抚养大，但有几次她不敢看祥弟的眼睛。祥弟相信她知道有关自己父母的事情，有一天他要找到真相。

不过祥弟还是很感激萨迪克夫人为自己做的一切。萨迪克夫人教会了所有孩子读和写，而她特别关照祥弟，有一次在其他孩子面前叫他“聪明的孩子”。这给了他一个机会来证明他确实很“聪明”，因为他相信色彩的力量。“你们每天都应该离三角梅近一点，”他自豪地说，“这样你们就会像我一样聪明了。”但是孩子们立即大笑起来，就像祥弟疯了一样。从那天起，他决定保守这个秘密。

祥弟穿过通往萨迪克夫人办公室的狭窄走廊，墙上挂着一幅帕西女士的画像。这些年以来，祥弟一直觉得这位女士看上去很严厉，而有一天萨迪克夫人给大家讲了帕西女士的故事后，祥弟改变了看法。这位女士名叫卡玛，孤儿院曾经是她生前的住所，由于她的善心，孩子们现在才有了容身之处。萨迪克夫人告诉孩子们每次经过走廊的时候都要感谢卡玛女士，祥弟并没有每次都照做，因为他有时候要急着去厕所，但他向耶稣提到过卡玛女士：如果你在天堂看到她，请关照她。

祥弟在走廊上看着萨迪克夫人。她坐在一张棕色木桌边，戴着银边眼镜，正在看一封信。在她身后，透过开着的窗户，祥弟看到三角梅在微风中摇摆。他喜欢那些红色花瓣在萨迪克夫人不知不觉中围绕着她的样子，像是在保护她。萨迪克夫人抬起头看了一眼墙上的钟，但她并没有注意到祥弟，她又重新开始看信，一缕阳光照在她的白发上。

祥弟看着她搁在桌上的瘦长手臂，在想这些年来这双手照顾了多少孩子。他知道正像他盼望了解自己的亲生父母一样，萨迪克夫人也曾经盼望有一个自己的孩子。一天下午，祥弟听到她和吉奥蒂说了那些话，那时她们两个就坐在孤儿院的台阶上喝茶。那是仅有的几次祥弟看到萨迪克夫人像对朋友一样对待吉奥蒂，而不是仆人。

祥弟得知萨迪克夫人结过婚，她丈夫不希望她在孤儿院工作，告诉她如果不能生下自己的孩子，那也没有必要去照看别人的孩子。一天当她回到家，丈夫已经收拾好了她的东西，要她走。于是萨迪克夫人把自己那点东西拿上，坐辆出租车回到了孤儿院，那以后就再没见她丈夫。萨迪克夫人觉得她丈夫可能已经死了，因为他比自己大十五岁。这就是她对吉奥蒂说的那些话。

这使祥弟觉得很惊讶：萨迪克夫人的一生，用这么几句话就讲完了。于是他下定决心做些大事，让他跟别人讲自己人生经历的时候，要讲上几天，甚至几星期，而且不像萨迪克夫人，一定要有个幸福的结局。他想过告诉萨迪克夫人自己的计划，但萨迪克夫人也许会因为他偷听而大声责骂他。

萨迪克夫人又看了看时间，她用手拢了拢自己的白发，白发在脑后梳成一个髻。她披着一件蓝色纱丽，穿着一双胶皮便鞋。祥弟总能从萨迪克夫人的胶鞋的啪嗒声，判断出她在孤儿院的哪一个房间。而她要出门的时候，会穿皮凉鞋。胶鞋让她在雨里滑倒了一次，摔伤了背。她擦背的香胶树油就放在桌子上，旁边放着一个蓝色玻璃镇纸。萨迪克夫人手里拿着镇纸，又看了看时间。祥弟在想她是不是觉得钟和镇纸有什么关系。

萨迪克夫人终于看到祥弟站在走廊里。

当她从木椅子上站起来的时候，支撑后背的小绿靠垫掉到了地上。她慢慢地弯下腰去捡，祥弟从她脸上绷紧的表情看出来她腰很难受。祥弟走进房间，捡起垫子，放在萨迪克夫人的椅子靠背上。

萨迪克夫人对祥弟笑了笑，但祥弟知道她在担心着什么，因为微笑是不会让一个人变老的。萨迪克夫人走到窗边，把手肘放在窗台上。祥弟也看着窗外，他看到了那口井，提醒自己不要再往那边走。

祥弟和萨迪克夫人默默地站了一会儿，听着偶尔传来的汽车喇叭声。祥弟在想如果孤儿院在孟买市中心的话，会是什么样子，他也许就得整天听着公共汽车隆隆驶过。吉奥蒂告诉过他，孟买的公共汽车才不管乘客呢，他自己也亲眼见过公共汽车对乘客有多差劲——它们不让乘客上车，想上车的乘客不得不用最危险的方式挂在车上。吉奥蒂还告诉过祥弟，她从村里进孟买城的时候，公共汽车上没座，她就和五个男人一起坐在车顶上待了一整天。而祥弟听了却想，他会喜欢坐在公共汽车顶上，见识印度乡村的景象。

但此时祥弟想知道的是，萨迪克夫人究竟碰到了什么麻烦事，尽管她什么也没对祥弟说。祥弟注意到最近三个月以来，萨迪克夫人话越来越少，他不知道这是不是她在衰弱下去的征兆，也不敢问。但祥弟必须让萨迪克夫人多说话，因为说得越多，就活得越长。

祥弟还没来得及开口问问题，萨迪克夫人就拍了拍他的头，回到桌前，又开始看信了。她拿起黑色的电话听筒放到耳边，好像在检查能不能用。然后她把听筒放回支架上，摘下银边眼镜，揉了揉眼睛。

也许她昨晚没睡，祥弟想，她的眼睛红红的，但是哭泣也会让眼睛变红。祥弟发现很奇怪的是，尽管眼泪是无色的，却会使眼睛变红。他常常想到自己的眼睛，如果他在很多天里面，每天都盯着三角梅看一阵子，他的眼睛会不会变成三角梅的颜色？然后他也许就会成为孟买，甚至世界上唯一的，有着粉色或者红色瞳孔的男孩。

电话铃响了，将祥弟从思绪中拉了回来。萨迪克夫人没有马上接起电话，就让电话铃响着，祥弟知道这是想让他离开。如果萨迪克夫人是他妈妈，他就会抱住她的腿不走。

祥弟出去之前，又看了一眼窗外的三角梅，微风吹得它们轻轻摇摆。祥弟很高兴，这说明萨迪克夫人会好起来。

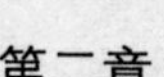

第二章

真相 Truth

有时候他夜里站在孤儿院的窗前，祈求他的爸妈回来找他，但他只在刮大风的晚上这么做，好让风把他的话带给他们。有时候他会看着镜子里的自己，想知道自己哪儿长的不招爸妈喜欢。

萨迪克夫人用大拇指挠了挠右边的眉毛，过了几秒钟又移到了左边，这是祥弟这些年来注意到的萨迪克夫人的一个习惯，她在着急的时候总这么做。

但是祥弟从没见过萨迪克夫人因为一个电话急成这样，他知道萨迪克夫人有什么事情在瞒着他，就像她不肯给自己讲生身父母的事情时一样。无论她跟祥弟说多少次对祥弟父母一无所知，祥弟还是决定找出真相。毕竟是萨迪克夫人给他起了“祥弟”这个名字，意为“厚皮肤男孩”。

今天祥弟在经过走廊的时候，确实感谢了卡玛女士。尽管他知道这不可能，但他还是觉得卡玛女士的耳朵变大了，可能是太多感谢的话把耳朵撑大了吧。如果这是真的，那上帝一定有着世界上最大的耳朵。

索纳尔，孤儿院最大的女孩，站在卧室里往窗外看。她穿着一条褪色的绿裙子，那是一家要往卡德拉斯搬的基督教徒捐赠的旧衣服里的一件。祥弟穿的棕色短裤和白背心也是那家捐的。祥弟很羡慕那家的男孩，人家的腰比他宽，这说明那男孩吃的可不只是米饭和蔬菜。祥弟想赶快长大，想变得强壮起来。他知道索纳尔也想赶快长大，她对自己现在的样子很伤心。祥弟听到过萨迪克夫人告诉索纳尔，女孩子需要一段时间才能显出自己的美，于是索纳尔相信她长大以后会成为一个美女。她不确定自己什么时候会变得漂亮起来，但她愿意耐心等待。

在房间的角落里，三个男孩站在一起，在玩一种叫科伊巴的，用三块白石子玩的游戏。尽管他们不是兄弟仨，长得倒还挺像。他们上身长得很结实，腿却很瘦，祥弟认为他们长得像是因为他们总待在一起。他们不太和其他孩子说话。其中一个男孩在掷出手里圆石子的时候抬起了右腿，石子准确地打中了地板上的那颗。

这时祥弟看到吉奥蒂出了大门，她现在回家还太早，祥弟猜她一定是到市场帮萨迪克夫人买菜或食用油去了。祥弟想，如果没有吉奥蒂的话，萨迪克夫人该怎么办，因为萨迪克夫人没有那么大精力蹲在地上擦地板，或者给二十个孩子做饭。尽管吉奥蒂的活做得很一般，但她毕竟也没有为了挣更多的钱离开孤儿院，到别人家去帮工。也许这是因为她的丈夫拉曼，祥弟知道没有人家会雇一个酒鬼的。至少在这儿拉曼会清理厕所，也不会妨碍别人。有那么几次，他倒在院子里不省人事，所有的孩子们围着他，弄不清楚他是不是死了。

正在祥弟准备走下台阶到院子里的时候，他发觉有人在拽他的手。是普什帕，她手里拿着本破旧的《仙达玛玛》，这是本给孩子看的故事书，里面是一些传说，比如“吃掉一座山的孩子”和“飞翔的犀牛及其寓意”。普什帕想说什么，但她得等自己喘过气来。祥弟知道她想说什么，他从普什帕手里拿过那本书，和她一起走到屋子的角落里，边上是一个大的木橱柜，里面放着孩子们的衣服和玩具。橱柜的一个门上装着面长镜子，另一个门上画着一棵开着粉红花朵的树，枝头上停着一只鸟。祥弟很喜欢这幅画，因为看起来就像那只鸟正张着嘴，要唱一支悠扬的歌曲，传到很远很远。

祥弟和普什帕坐在地板上，尽可能地离科伊巴哥仨远一些。其中一个男孩接连赢了三把，要拿着他的盒子走了。另外两个男孩没赢，很泄气的样子，把三个白石子放在一起搓着，一边亲吻它们祈求好运。

祥弟喜欢普什帕让他读故事听，但他从来不从书的开头开始读，因为他觉得打开书翻到的那个故事才是马上要读的故事。他看着普什帕，有一次注意到虽然普什帕看上去个子小小的，又是孤儿院年纪最小的孩子，但她的眼睛又大又圆，就像玩科伊巴游戏的石子一样圆。

祥弟闭上眼睛打开书，翻到了“饥饿的公主”。他知道这个故事，而且很高兴挑中了它。“饥饿的公主”是一个爱情故事，讲的是古印度一位美丽的公主想嫁给一个穷苦农民的儿子，但是国王不允许，她就决定绝食而死。国王没想到他的女儿会那样做，但她很勇敢地拒绝吃东西，而她的决心也使得庄稼停止生长，整个王国陷入饥饿中，直到国王最后同意把女儿嫁给那个穷苦农民的儿子。

起初是萨迪克夫人给孩子们读了这个故事，当祥弟回想的时候，他明白了为什么萨迪克夫人在讲故事的时候并不开心。也许那个故事让她意识到自己的遭遇是多么不同，尽管讲的时候她的声调很柔和。祥弟觉得萨迪克夫人一点都不相信自己读的故事，现在他更加确信这一点，但是他很高兴看到普什帕一心一意地愿意相信她听到的故事。等讲完这个故事，他可能会给普什帕讲讲色彩的力量。但他正准备讲故事的时候，萨迪克夫人走进了屋子。

“大家都坐到地板上来，”她说，“我有重要的事情要告诉你们。”

祥弟合上故事书，跟普什帕说等萨迪克夫人一讲完话，他就开始读故事。普什帕从祥弟手里拿走了《仙达玛玛》，欣赏着“饥饿的公主”的插画，画上公主在为恋人哭泣，黑色长发遮住了她的脸。怕鬼的孩子邓都坐在他俩旁边。

玩科伊巴游戏的那几个男孩不想停下来，因为其中一个已经连赢了四把，他跟另外两个孩子说他要创造连赢五把的纪录。但是萨迪克夫人瞅了他们一眼之后，他们每个人立即收起一颗石子，坐到了索纳尔旁边，而索纳尔已经把手支在下巴上等着听讲了。

祥弟从木橱柜的镜子里看到了萨迪克夫人的背影。她的身体看上去很虚弱，前额上隐约露出青筋。她现在看起来甚至比刚才在办公室的时候更疲惫了，这说明很可能不是个好消息。

祥弟想起来萨迪克夫人上次讲话的时候，是关于巴布里清真寺。那座清真寺是十二月六号被毁的，那天正是普什帕的生日。萨迪克夫人在几天之后告诉了大家，而骚乱已经在孟买开始了。

后来的几天里，祥弟偶然听到拉曼跟吉奥蒂说，萨迪克夫人到孤儿院外面去也不安全，因为她是穆斯林。这几天穆斯林开的商店被抢被烧，穆斯林男女和孩子受到伤害，警察根本不保护他们。拉曼建议萨迪克夫人穿上纱丽，而不是传统的旁遮普服。如果她要出去的话，得假扮成印度教徒的样子。但是祥弟并不相信这些，说到底，拉曼太能喝酒了，这让他爱说谎。

萨迪克夫人的话把祥弟拉回了现实。

“我是看着你们当中的一些孩子从婴儿长到现在这么大的，我都抱不动你们了。”

她勉强微笑了一下，看着索纳尔，索纳尔正在玩着自己绿裙子的褶边。索纳尔经常心不在焉，这让祥弟不大高兴，看来她压根就没认真听。

“索纳尔，你两岁的时候就来这儿了，”萨迪克夫人说，“现在你几岁了？”

索纳尔听到了她的名字，抬起头来看着萨迪克夫人，举起手来准备回答——萨迪克夫人教给过大家，集合在一起的时候，想要发言得先举手。

“你几岁了？”萨迪克夫人又问了一遍。

“我九岁了。”索纳尔回答。

“我们这儿有个男孩就要长成大人了，”萨迪克夫人说，“谁能告诉我他是谁啊？”

普什帕指着祥弟，祥弟低下头，他不喜欢被注意。比别人早出生又有什么了不起的呢？他也没做什么了不起的事情。

“大家都知道，这座孤儿院以前是归卡玛女士所有，”萨迪克夫人说，“卡玛女士三十年前去世了，据说她没有丈夫和孩子，她决定在身后把自己的家留给像你们这样的孩子们。”

萨迪克夫人为什么要说些我们已经知道的事情呢？祥弟想。他现在确定是个坏消息，因为萨迪克夫人在浪费时间，而且说的时候低着头。

“但是现在出了点问题。”萨迪克夫人说着，挺直了腰，可祥弟知道就算这样，对她要说的话的实质也不会有什么改变。

“三个月前，我收到了一封信，是孤儿院的受托人写的，他们说来了一个人，证明自己是卡玛的孙子。所以那些受托人不得不把这儿还给他，他们还听说他要在孤儿院的地址上盖一座楼房。我求他们好歹给个住处，再小也行，哪儿都行。今天三点钟他们给了我最终的答复。”

坐在祥弟身边，普什帕打开了《仙达玛玛》，一页页地翻着书。她停下来看着一幅插画，画上一个小男孩手里拿着座山正准备吃。普什帕看着祥弟，指了指画上的小孩大张着的嘴，咯咯地笑。祥弟却在集中精神听萨迪克夫人讲话。

“现在的情况是，受托人让我们搬出孤儿院，我们只有一个月的时间。孤儿院会被拆掉，然后上面会盖起一座高楼来。”

突然，祥弟对萨迪克夫人感到很生气。她三个月前就知道了，为什么不跟自己说？她就是话越来越少，好像不说就能帮孩子们一样。这些受托人都是些什么人？他们怎么能为了一座大楼就把孩子们赶走呢？

“告诉他们，我们不走。”祥弟说。

“我们没有选择，祥弟。”

“这是我们的家。”

“但是他们拥有这片土地。我们没有别的办法，生活中总有你无能为力的时候。能在这儿待这么多年，我们已经很幸运了，街上还有更倒霉的人呢。”

“那是你准备要我们去的地方？”

“我没有要你们去哪儿，这不是我能决定的，但我会尽力为大家找个别的住处。”

“哪儿？”

“普纳。”

“那是在哪儿啊？”

“普纳离这儿坐火车三个小时。我认识那儿的一位牧师，他的名字是布拉甘扎牧师。他也在开着一家孤儿院，我已经给他写过信了。”

“那我们要离开孟买了吗？”

“我试过在孟买找个地方，可是没找到。而且我觉得你们离这座城市越远，就会越安全。这阵子很危险，你们知道去年十二月份有多糟糕？有人说骚乱还没结束，还会发生更多的打斗和抢劫事件。”

祥弟不爱听萨迪克夫人说这些，仅仅因为她的生活出现了问题，并不意味着他们的生活也一样，而且他根本没看到过什么骚乱。他已经在脑海里看到了孟买的样子，十分美好。

“如果布拉甘扎牧师不同意呢？”祥弟问。

“他不会的，”萨迪克夫人回答，“你看，说这些已经没有意义了，对于现在来说，我们只能祈祷。”

萨迪克夫人将白发拢了拢，带着孩子们走向祈祷室。普什帕把书留在了地板上，她和祥弟排在最后进了祈祷室。

祥弟断定萨迪克夫人这次是吓坏了。她以往在祈祷之前都是站在耶稣像下面对孩子们讲话，但今天却和他们跪在一起。她低下头，轻轻地说：“把一切都告诉耶稣。”

祥弟不知道他们沉默了多久，但是祈祷结束的时候，好像孩子们彼此的距离又近了一些。

萨迪克夫人最先站了起来，孩子们从她身边走出了祈祷室。谁都没说话。普什帕走过萨迪克夫人身边时，拽了拽她的手，就好像不想自己走到另一间屋子一样，但是萨迪克夫人没动。祥弟站在队伍的末尾看着她，萨迪克夫人让普什帕跟上。

祥弟怒气冲冲，因为他得知了真相。他断定如果萨迪克夫人今天能这么轻易地就讲出真相，那她也能告诉祥弟这些年到底向他隐瞒了什么。

“你得告诉我真相。”祥弟说。

“我是把真相告诉你了啊，”萨迪克夫人回答，“我们没有家了。”

“不是关于孤儿院的，我想知道有关我自己的真相。”

“祥弟，我已经告诉过你很多次了，我什么都不知道。”

“你在说谎。”

“我什么都不知道，我保证。”

“那你要以耶稣之名起誓。”祥弟坚持着。

“我已经那样做了，做了很多次。”萨迪克夫人叹了口气。

“把手放在耶稣像上，然后起誓。”

祥弟知道过去萨迪克夫人对他说了谎话。她是以耶稣之名发过誓，说对祥弟的父母一无所知，但她从没把手放在耶稣像上说过，而且她撒了谎。萨迪克夫人摸着耶稣的脚。

“我对你的父母一无所知。”她说。

“你还在撒谎。”

“你怎么会这么想？”

“你刚才说的时候，把手从耶稣的脚上拿开了。”

“祥弟……别问你父母的事了。”

“那我就要问点别的。”

“那好。”

“你记不记得问过我是不是在一个科伊巴男孩睡觉的时候踢过他？”

“记得。”

“我是怎么说的？”

“你跟我说你是踢了他。”

“你知道我为什么那么说吗？因为我不会撒谎，你也一样。请告诉我吧，求求你了，萨迪克夫人，我想知道我爸妈的事情。”

“可是现在又有什么用呢？”

“我会不再想这些。有时候我夜里会想，他们是不是把我给丢了，还在找我。”

“祥弟，做这样的梦没有好处。”

“那就告诉我真相。”

一阵长长的沉默。祥弟等着萨迪克夫人打破沉默，再一次重复说她对祥弟的父母一无所知。

“萨迪克夫人，你对那封信的内容瞒了三个月，也没告诉我们，我们就要没家了，现在看到后果了吧。”

“祥弟……”

“我知道你为什么要把我们送到普纳去。”

“你这话什么意思？”

“你不想再照看我们了。”

祥弟说这话的时候直视着萨迪克夫人，而她的脸上浮现出不敢相信的表情，祥弟以前从没跟她这么说过话。

“祥弟……我无能为力。这不是我能决定的，受托人在管着这些事。我已经告诉你们真相了，我保证。”

“那也告诉我关于我爸妈的真相吧。”

“你也许会不爱听。”

“告诉我。”

“把要问的问题考虑清楚。”

祥弟想跟萨迪克夫人说，他其实一直都在考虑。有时候他夜里站在孤儿院的窗前，祈求他的爸妈回来找他，但他只在刮大风的晚上这么做，好让风把他的话带给他们。有时候他会看着镜子里的自己，想知道自己哪儿长得不招爸妈喜欢。他想告诉萨迪克夫人为什么他整天站在院子里，这是因为他以前做过一个梦，梦里他在院子里站着，一对夫妇从他身边走过，他突然向他们跑去，因为他的内心认出了他们。他们马上拥抱在一起，整个院子都为他高兴，尤其是那些三角梅……

“是你爸爸把你放在这儿的，祥弟，”萨迪克夫人尖声说，“他不会回来了。我觉得你还是不知道的比较好。”

祥弟对萨迪克夫人说话时的样子感到很吃惊。萨迪克夫人走了几步来到窗前，看着外面的院子。她摘下眼镜，背着双手，慢慢地接着说。

“我见过你爸爸，你爸爸把你留下那天我见过他，那天下午我刚吃完饭。我们养过一条叫拉尼的狗，现在已经不在了。拉尼是条很温驯的狗，但那天它开始汪汪吠叫，只有有人在跑的时候它才会那样叫。不知道拉尼为什么不喜欢见人跑，它自己也不跑。虽说狗喜欢奔跑追逐，拉尼可从不那样。它就像一位女王，总是踱着步子。”

“你看到什么了？”祥弟问。

“我走到窗前，看到一个男人在跑，在往孤儿院外跑。”

“他长得什么样？”

“他在往孤儿院外面跑，这让我有了一个不好的感觉。每当有人把一个孩子留在这儿的时候，我都会有这种感觉。这种感觉从未消失过。”

“那个男人长什么样，萨迪克夫人？”

“我看了那个人一眼，然后回去找拉尼，拉尼还在大声吠叫。它离井不远，身边是一个白色的包裹，那个白色包裹里面就是你。”

“那个人长什么样啊？”祥弟想，这才是我想知道的，快告诉我他长啥样。

“他看起来很害怕。我没看到他的脸，只能看到他的背影，但即便如此我也能看得出他很害怕。”

“他是我爸爸吗？”

“是的。”

“可是你怎么知道？”

“从他跑掉时的样子看出来的。”

“这是什么意思啊，萨迪克夫人？”

萨迪克夫人叹了口气：“祥弟，是他跑掉时的样子啊。这就说明一切了，可能意味着他很爱你，但是被迫把你丢下，因为他如果只是走着的话，就没法离开你了，于是只好从你身边逃走。也可能意味着他怕被人发现才跑的，这之中的含义就得你自己体味了。”

“你看到他的脸了吗？”

“没有。”

“你肯定？”

“不。”

“你是说你看到了他的脸？”

“事情是这样的，祥弟……我对他的背影看得很清楚，过了这些年，他的样子也慢慢开始呈现，在我眼里他的样子和世上每个人都差不多，好比我丈夫，在角落卖菜的那个人，还有……长相并不重要。”

“萨迪克夫人，我不明白你的话。”

“我是说我没看到他的长相，对不起。”

为什么她没看到？祥弟想。这是最重要的地方。

“但是还有别的东西，”萨迪克夫人说，“我还有你来的时候身上的那块白布。你要吗？”

“白布？”

“你应该拿着它，一直拿着，我这就给你拿过来。”

祥弟在等萨迪克夫人的时候，抚摸着耶稣像的脚指甲。他看着耶稣的脸，想找出一点生命的迹象，但是一无所获。

萨迪克夫人很快回到了祥弟面前，手里拿着一块白布。祥弟想，这块布没什么特别的，不过是老太太手里的一块皱巴巴的白布罢了。

“这就是当初裹着你的那块白布。”她说。

“为什么你还留着它？”

“因为上面的血迹。”

她把白布塞到祥弟手里，不敢看他的眼睛。

祥弟从她手里拿过白布，看到了上面的三滴血迹，就好像这血迹是专门留在布上给他看的一样。

“这血迹是怎么回事？”他惊讶地问。

“我不知道，但是我想这事很多次了。”

“这是我的血吗？”

“不是，你身上干干净净的。”

“这是我爸爸的血吗？”

“如果那个人是你爸爸，那么这就是我留着这块布的原因。”

祥弟听到了她的呼吸声。那时就好像他突然能听到房间里的一切声音，包括最轻的声音。

“祥弟，你今年几岁了？”萨迪克夫人柔声问。

“十岁。”

“你不再是十岁了。”

“什么？”

“你不再是十岁了，岁数说明不了什么了。你现在是个大人了，让你变成了现在的大人样，是我的错，原谅我。”

萨迪克夫人离开了屋子，祥弟像一只茫然的小动物，待在那儿一动不动。

他的思绪在纠缠翻滚，有好多想法，甚至根本不能称其为想法，只是一些像“血迹”和“跑掉”这样的词语，而他在想象着自己是井边的一个白色包裹，一个让送来的大人恐惧逃走的包裹。

第三章

逃离 Escapeu

如果我爸爸从我身边跑掉，那我就要追上他，祥弟跑的时候心想。他要跑是因为他知道爸爸已经开了个头，爸爸就在他前面，远隔千里，中间是岁月流逝。

半夜了，孩子们都睡了，祥弟肚子很饿，后悔自己没吃晚饭，但他早先也并不想吃。

祥弟现在明白自己必须在被赶出孤儿院之前，离开这儿。他从床上爬起来，四处看了看。就着卧室角落里一个小灯泡发出的微光，祥弟踮着脚尖走到门厅，从孩子们的胶鞋上踩过去，一直走到孤儿院的大门前。他小心地滑动门闩，以免吵醒别人。门闩吱嘎响了一下，不过他告诉自己，在这样的夜里，有一点吱嘎的响声也没什么。

祥弟打开门，走进夜色中，直接来到了三角梅面前。黑暗里，他看不到颜色，但是他用意念照亮了那些花朵。过了一会儿，祥弟看到了粉色和红色的影子。他喜欢这些颜色在黑暗中闪光的样子。

然后他突然闪过一个可怕的念头，他们拆孤儿院的时候将三角梅连根拔起怎么办？他一直都很喜欢这些三角梅。不，祥弟想，三角梅总会活下来的。大楼会盖起来，但是三角梅的枝条会从水泥里面穿出来，继续往上长，这就是三角梅的力量所在。

现在祥弟明白了为什么他在黑暗中看到了这些三角梅，他在对它们说再见。祥弟感谢它们让他看到了美丽的颜色，然后他亲吻那些像纸一样薄的花朵，不在乎会不会被花上的刺扎到。它们也喜欢我，他想，花瓣在沙沙地摩擦他的皮肤。它们不会在意被从梦里叫醒的，祥弟告诉它们想请它们帮个忙，他想带点花瓣走，希望不会太伤害到它们，他把花瓣塞进了衣兜里。

他最后还要做一件事。

祥弟又回到了孤儿院。他不需要打包，因为他什么东西也没有。之前才给了他一块白布，上面有三滴血，不管这是不是好的预兆，他都要带着那块布走，别的就没有了。祥弟把那块布像围巾一样系在脖子上，然后又摘了几朵红色的三角梅，穿过狭窄的走廊来到萨迪克夫人的办公室。萨迪克夫人在地上睡得正香，祥弟能听到她轻轻的呼吸声。他不会叫醒她，因为也没什么可说的，“谢谢”这时候是句傻话。在萨迪克夫人心里，她肯定知道祥弟会感激她所做的一切。

祥弟把几朵花瓣放在萨迪克夫人的桌子上，然后又改变了主意——把它们放在了她的脚边。祥弟站在她跟前，心里全心全意地感谢她。他还从没拥抱过萨迪克夫人，这时候很想拥抱她，但是他又不想把她吵醒。

祥弟跑到走廊，出了大门，来到了院子里。

他没有停下来往回看，他不知道自己有没有哭，也不在乎。祥弟越跑越快，马上就离孤儿院的围墙不远了，他知道自己就要进入另一个世界了。

如果我爸爸从我身边跑掉，那我就要追上他，祥弟跑的时候心想。他要跑是因为他知道爸爸已经开了个头，爸爸就在他前面，远隔千里，中间是流逝岁月。

但是祥弟要跑还有一个理由，祥弟害怕如果他走着，如果他不赶快跑过这条狭窄的街道，萨迪克夫人会醒过来，管他叫叛徒，因为他扔下其他孩子们跑了。所以尽管街上的玻璃碴扎进了祥弟的脚，他也不在乎。他越跑越快，想追上前面的卡车。

卡车后面挂着的大铁链敲打着墨绿色的车后门，祥弟以前从来没追过卡车，但他见过别的孩子这么做。卡车的后门上画着朵白莲花，花下面写着“印度伟大”。祥弟知道如果他没跳上车去，摔了下来，水泥马路会让他皮肤擦伤，骨头摔断，他可不想这样开始新的生活。于是他用尽全力吊在铁链上，双脚在地面上弹了起来。

祥弟跳上的是一辆垃圾车，车上都是腐烂的食物。卡车拐弯的时候，一只老鼠被从它的美餐里颠了出来，从祥弟的胸口上跑了过去。祥弟想站起来，又担心如果被司机看到了，他会生气地停下车。于是祥弟待在了那堆垃圾上，老鼠又回到了它那块发霉的面包跟前。卡车边上有条裂缝，更像个大洞，祥弟爬到了裂缝跟前。卡车在全速前进，风把垃圾吹了一路。

城市从祥弟身边经过，可是祥弟看不到它的全貌。他从洞里看到的是碎片，他看到小商店的钢卷闸门锁上了，乞丐们就在底下睡觉；几只流浪狗向一棵树走去，当中有几只瘸着腿，但是其他狗看起来还挺开心。又走了很长一段，路被挖开了，一个棕色圆桶里生了一小堆火，工人们在旁边抽着比迪烟，一列住在贫民窟里的人拿着桶经过。到目前为止，还没出现什么不寻常的事情，祥弟很庆幸没有出现萨迪克夫人说过的暴力迹象。

卡车又转了个弯，祥弟又一次失去平衡，垃圾朝他涌过来，他倒下去，不得不仰面朝天。他确信天空在哪儿都是一样的，无论城市看起来变得多奇怪，他总能从天空中看到熟悉的东西。无论在哪儿，这都是同一个开放的空间，属于他，也属于世界上的任何人。

祥弟觉得现在已经离孤儿院很远了，他想从卡车上下来，主要是为了躲开难闻的味道，但在这样的速度下往下跳是件很傻的事情。如果在白天，卡车会在拥挤的车流里慢慢行驶，可夜里街上很空。卡车从一座桥上开过，祥弟看到四周是高大的烟囱，高耸入云，就像是云朵的朋友一样。公寓楼离桥很近，他能直接看到人们的房间——一个老头在镜子前刮胡子，为什么他在半夜做这事呢？卡车从桥上下来的时候，路变窄了，祥弟右边有两个警察坐在派出所门口的凳子上。一个警察嘴里叼着比迪烟，另一个用手支着下巴，好像在打盹。

卡车一路喷着烟开过去，那两个警察变得越来越小，直到离开视线。突然有四辆或者五辆摩托车超过了卡车，小伙子们开着摩托车加速超车的时候，衬衣被风吹得鼓起来，又在离卡车很近的时候突然转向。

然后祥弟听到了音乐声从扩音器里大声传出来，虽然是晚上，能放首歌祥弟还是很喜欢的。卡车慢了下来，也许司机也想听音乐。祥弟抓住了机会，他爬上卡车边沿，跳到了路上。但他不习惯从开着的车上往下跳，无论有多慢，他还是失去了平衡，向后倒在地上。他在地上躺了几秒钟，然后对自己说，没摔坏。祥弟确实没摔伤。

祥弟面前的楼房灯火通明，这是一座旧楼，只有三层，但是每一层都点缀着红色和绿色的彩灯，小灯泡成排地忽明忽暗。阳台的扩音器里放着祥弟听过的最好听的印度音乐。他觉得自己找对地方了，哪儿有音乐，哪儿就有欢乐。

祥弟看到一个人躺在一张帆布床上，一只手遮住眼睛。这张床让祥弟思考他今晚在哪儿睡觉。也许有人会让他进去，给他点吃的。他用手抹掉脸上的汗，发觉还有一股垃圾的味道。

音乐停了下来，那栋楼上的彩灯还亮着，尽管已经不再忽明忽暗地改变方向。它们就像镶在那楼上的红红绿绿的星星一样，祥弟多希望孤儿院以前有这样的彩灯，那样至少也有点可看的东西了。

祥弟开始担心吃饭的问题了，他一天没吃饭了。晚上没吃，是因为他待在祈祷室里，而且根本不饿。他在想现在几点了，然后告诉自己这不会有什么区别。在他前面，几个人坐在椅子和凳子上围成一圈在抽烟，时不时传来喊叫声，他们中间有个老头不停地咳嗽。祥弟觉得还是不要走过去，因为他不喜欢他们每次抬起头来朝天上吐出烟雾的样子，看起来他们一点都不尊重老天爷。

一扇公寓窗户打开了，一个蓝色塑料袋慢慢地飘到了地上。塑料袋落在一辆三轮车上，祥弟发现那辆车没有轮胎，看起来很旧，像是被丢弃的。生锈的金属车身牢牢插进了地里，就像是从地里长出来的一样。

三轮车旁边整齐地堆着一堆水泥砖，砖堆很高，祥弟看到两个人睡在上面，看起来好像跟他年龄差不多。祥弟感到很惊讶，尽管他们睡在一堆砖头上，可他们看起来很舒服的样子。

汽车引擎发出的噪声让祥弟转过身去。在主路上，一辆小轿车抛锚了。司机一只手在推车，另一只手从车窗伸进去把着方向盘。而这辆车的乘客，男的在后面推车，女的坐在后座，她的绿色纱丽被门夹住了。

抽烟的人里有两个发现了那辆车，他们把烟卷扔到地上，朝大路走过去。他们走到出租车前，司机进到车里面，两个人和男乘客一起在后面使劲推车。

祥弟对自己说，如果他吃过饭，身上有劲的话，肯定也会过去帮忙的。他走路的时候感觉脚有点跛，抬起脚一看，脚掌在流血。他想起来自己从孤儿院跑出来的时候，踩在了碎玻璃碴上。祥弟单脚跳到从楼房的一间屋里透出的一小块光亮里，就着灯光检查了一下脚底。有几处玻璃割破的伤口，他还能看到里面的玻璃碴。祥弟小心翼翼地取出来一块，又数了数剩下的——还有四块。他有的是时间往外取，可是他又累又饿。祥弟试着不去想吃饭的事，玻璃碴把他的注意力从饥饿上吸引了过来，可是他知道等自己把每块玻璃碴都取出来的时候，饥饿感还是会重新来袭。

祥弟告诉自己必须要加油，他已经十岁了，要找到自己的爸爸。这是一项艰巨的任务，所以他不能因为饿肚子这种小事泄气。

到了白天，那座楼看着又不一样了，一闪一闪的红绿灯光不见了。祥弟看到了把小灯泡连在一起的电线，一圈一圈地连过每间公寓。楼房的外墙上还能看到很多小洞，从下水道里长出了几棵野草。

祥弟一整夜都没睡，肚子还很饿。为了转移注意力，他走到一堵白墙边，墙上有张电影海报，上面是一个警察，戴着墨镜，在身前端着一杆枪。那杆枪闪闪发亮，好像它才是电影的主角。墙上还有张老虎的海报。

祥弟从老虎海报上面移开视线，发现墙上有个水龙头。他拧开水龙头吱吱响了一声，流出了清凉的水。祥弟往四周看看有没有人，时间还早，大部分商店还没开门，街上很安静。他用手接了点水捧着喝，可这样太慢了，于是他弯下身子，用嘴就着水龙头，大口大口地吞进很多水，直到他喝得太多太猛才停下来。中间他看到大路上有辆牛车，拉着一大块冰，上面盖着锯末。然后祥弟又开始喝水，喝饱之后把头伸到龙头下面冲头发，洗脸，最后把两只脚的脚底和脚背互相搓一遍，这样就把搓下来的玻璃碴冲走了。

祥弟决定在新地方附近走一走。很快他来到了昨天夜里人们围成一圈抽烟的地方，还看到街上摆着两只木凳子。街边几辆摩托车停成一排，他还能看到那辆废旧三轮车，在白天看着更旧了，一边还凹下去一块，像是出过交通事故。

在大路上，夜里出租车抛锚的地方，两棵高大的椰子树比路灯还要高，它们没有摇摆，因为没风。还有座公共汽车站，一个人靠着汽车站的底座，用手帕擦着脸。汽车站后面，一家关门的商店对面，有个卖杂志的，他把杂志搭在一根绳子上，绳子像晾衣绳一样拴在两根柱子中间。祥弟喜欢杂志像扇子一样翻开的样子，就好像它们要飞走一样。

他又来到了那座楼前。虽然楼的外墙看着又破又旧，公寓的窗户还是五颜六色的。有些窗户的窗框刷成了粉色，上面镶着蓝玻璃。晾衣绳上搭着红毛巾和绿床单，一个小桶也晾在绳子上，有人会晾一个桶，这让祥弟觉得很奇怪。

那座楼的一层是座小神庙，祥弟能看出来是座庙，是因为尽管那座楼被漆成了棕色，可庙的部分却是橘红色。另外，有个老太太在外面卖花环。她蹲在一个小摊前，把漂亮的金盏花和白百合编在一起。老太太编好了一只花环之后，就挂在摊位顶上的钉子上。祥弟在想她会编多少个，也许最后一大排花环会把她全挡住，她只能透过花环跟顾客说话，像个新娘子一样。可是老太太并没有看到祥弟。

祥弟的前面是一家比迪烟店，祥弟试着不去看放在玻璃罐里的一袋面包和罐子里装的小饼干，他转过头快步走开，朝一家门诊部走去，从白色标牌上的红十字能看出来那是家门诊部。祥弟知道标牌上的那些名称是医生接诊的疾病的名字，他在想医生会不会把他不能治的病也写上去。希望我永远都不要看病，他想。

祥弟认为他得把新地方的周边好好观察一下，毕竟他对于孤儿院的每一个角落都很熟悉。他又折回来往神庙的方向走，希望管庙的人好心给他点吃的。

可是神庙的门关着，锁着一把铁锁。祥弟从窗户上的铁栅栏往里看，这回编花环的老太太看到他了，老太太把一枝金盏花扔到地上。祥弟想冲过去捡，可是花掉进下水道了。

他又重新往神庙的窗户里张望，想看看里面是什么神，可是里面太暗了。如果那神连点儿光都给不了，他又怎么能成为神呢？不过祥弟还是觉得很温暖，所以那个神至少还有颗温暖的心吧。

一个人匆匆忙忙地从神庙所在的那座楼上下来，手里拿着一只黑色的公文袋。他的头上涂着发油，头发分到一边。那人往手腕上看了看，快步走了，可祥弟注意到他压根没戴表。

饥饿又一次袭来，这意味着他必须赶快找到吃的，否则他会头晕恶心。他还不习惯不带吃的上路，因为这样他一开始就会感觉没劲。虽说在孤儿院每天吃的东西都一样，但至少能填饱肚子。饥饿感使他认识到，尽管他的肋骨从白背心里凸了出来，至少它们还长在身上。但如果他今天不吃东西，肋骨就会更加外凸，睡觉的时候会刺穿皮肉，伸到外面让每个人都看到，这样那些人看到一个男孩的肋骨变成獠牙从身体里长出来，会被吓着的。

于是祥弟深深地吸了口气，往比迪烟店走去。走到烟店的木柜台前，他看着店主的脸。店主的脸很小，下巴和面颊上有白色的胡楂，看起来几乎和祥弟一样瘦弱。祥弟想，店主怎么会变成这样的？他的店里全是糖果、面包和香烟。然后他想，可能这就是店主很瘦的原因——他肯定整天抽烟，不好好吃东西。

“想要点什么？”店主问。

“我……可不可以给我点吃的？”

“你有钱吗？”

“不……我没钱。不过一块面包就行了。”

“你有钱吗？”

“没有。”

“有块面包就行？”

“我从昨天开始就没吃过东西了。”

“好，想吃什么就拿吧。”

祥弟在那一刻简直不敢相信自己的耳朵。

“想吃什么就拿吧，”店主又重复了一遍，“你想吃饼干吗？”

在祥弟能够答话之前，店主想打开装饼干的玻璃罐盖子，他用力往开打，可盖子还盖着。祥弟希望在店主改变主意之前，盖子赶快被打开。过了几秒钟，盖子终于开了。

“来，拿吧。”

“我能拿几块？”

“想拿多少拿多少。”

“那我能拿三块吗？”

“拿吧，拿吧。”

祥弟把手伸进了玻璃罐，店主突然把玻璃罐的盖子“砰”的一声砸在祥弟的手腕上。

祥弟疼得大叫起来。

“你这小贼，”店主嚷嚷，“你先从我店里偷东西，然后又来要？”

祥弟不明白，他的手腕还在生生发疼。

"昨天你们有个狗孩子从我这儿偷了油！如果你再来，我就活剥了你的皮！"

祥弟看到那个店主怒气冲冲，就没还嘴，从烟店逃走了。他路过神庙的时候，都没来得及看一眼里面的神像，直到水龙头跟前才停下来。祥弟的手腕疼得厉害，在这个城市的第一天，他就被辱骂而不是被鼓励，也许那个店主抽的烟让他的心变坏了，他才会做这样伤人的事。祥弟突然觉得累得不行，他坐在水龙头下面，让水滴在头上，清凉的水减轻了疼痛。

水龙头噼啪响了几声，没水了。

第四章

遇见 Encounter

祥弟抬起头望着天空，祈求妈妈出现，但那也许是不可能的，于是祥弟对妈妈说，希望她把星星排列成爸爸的名字，如果祥弟要在这个城市里成千上万的人中间找到爸爸，至少上天能告诉他爸爸的名字。

太阳晒着祥弟的脖子，汗从他背上一道道地流下来。他想到商店屋檐下或者大树的荫凉底下坐着，但他现在明白，要吃东西，必须先找到工作。

于是祥弟把周围的商店都扫了一圈，看有没有什么地方他能去打扫卫生的。他见过吉奥蒂打扫孤儿院，而且吉奥蒂没去上班的时候，他曾经帮着萨迪克夫人打扫过，他知道如何打扫。他站在新希林咖啡馆外面，那是一家供应穆格莱菜、旁遮普菜和中国菜的餐厅，但他看到坐在柜台后面的光头男人正对店里的伙计大声嚷嚷着，现在不合适过去找他。

另一家店，普什潘时装店，是一家装着空调的服装店。祥弟觉得不行，因为他不敢进去。他的白背心太破了，上面有几个洞，而且一个星期没洗了，就连他穿着的棕色短裤松紧带也不太管用了。

祥弟把短裤往上提的时候，注意到一个老头正在看街边黑板上的广告，广告是用马拉地语写的，祥弟看不懂，但他又发现了老虎标记。看完广告，老头就走上了普加小酒馆的台阶。老头进了店里，什么也没说，不过看来他常去那儿，因为店主一看见他，就离开了柜台，然后拿着一瓶酒回来了。店主把那瓶酒装进一只棕色的纸袋里。老头把酒放在纸袋里是因为不好意思拿在外面吗？祥弟想。整整齐齐摆在展示柜里的一排酒瓶让祥弟想起了拉曼，如果让拉曼数数他这辈子喝剩下的酒瓶，只怕加起来比这家店的酒还多。店里有一座大落地钟，和孤儿院里的那个很像。钟上显示三点钟，不知道孤儿院现在是几点。祥弟这么想着，突然觉得自己很傻，他知道这两个地方是一个时间，但孤儿院现在对他来说就像在另一个世界。

普加小酒馆旁边是另一家店，但它的铁门始终是关着的，一个老乞丐在店门口安了家，他躺在一块大麻袋布上，脑袋旁边放着一只金属碗，里面有几个硬币。太阳暴晒着老乞丐的脸，他斜眼看着太阳。苍蝇叮在他脸上，他好像毫不在乎。老头睁开眼睛想起来，但是没力气坐起来。祥弟想帮他，但又怕这老头是个疯子，会伤害自己。他不想冒险，因为他已经被说成是贼了。

祥弟回过身向水龙头走去，路上经过了那座神庙。

门诊部的窗户上装着铁格栅，像个棕色的大笼子。祥弟为那儿的病人感到难过，他要是发烧了，可不想被关着看不到天空，对于发热的眼睛来说，天空的蓝色是一种良药。

祥弟在想门诊部怎么还不开门，也许医生也病了，那就没办法了。他记得萨迪克夫人有一次咳嗽得很厉害，不得不在床上躺了好几天。如果那时候有孩子生病了，就没人照顾他了。

祥弟不愿意再想孤儿院，就从门诊部前走开了，正走的时候，他突然感到一阵头晕，一下倒在地上。他听到自行车铃声急躁地在耳边响着，他想起来又爬不起来。骑自行车的人及时从他身边绕了过去，“瞎眼了吗？”他朝祥弟怒吼。祥弟也在骂，但他是在骂自己太脆弱，一天不吃饭都坚持不下来，不像个男子汉。肯定是因为太热了，他想，他祈求老天下雨，但知道那是无用功。

祥弟看到水龙头就在眼前，他可不能昏倒在路中间，得到水龙头那儿去。他用双手扶着地，努力把自己撑了起来。水龙头在他面前旋转着，他抓住水龙头，好保持平衡。

还好又开始供水了，看到水喷出来，祥弟身上又有劲了。他喝了好多水，告诉自己肚子喝饱了，如果肚子觉得饱了，他就能站起来。他没跟肚子说谎，因为确实喝饱了水。

可就算祥弟不渴了，饥饿还是让他身体很虚弱，他像昨晚一样，坐在水龙头下面，闭上眼睛，听着街上传来的声音。他不知道声音能帮他什么忙，可他闭上了眼睛，声音就是他能依靠的所有东西了。开始他在拼命努力听，因为街上的声音太嘈杂了，但是他一听到自行车的铃声，就知道自己要做什么了。他要跟着铃声去旅行，让那零零的声音把他举起来，带他到铃声经过的地方，不管是城里的大马路，还是石子铺成的小路。他感觉自己慢慢飘了起来，而理志告诉他那是不可能的，但他现在努力让自己的理志不要捣乱。自行车铃声逐渐变弱，换成了小轿车喇叭声。

轿车喇叭声听起来像犀牛在呻吟，但它的力量也足够能把他从水龙头和下面的电影海报边带走，他闭上眼睛，微笑着，因为现在轿车的喇叭声被音量如同十头犀牛的卡车喇叭声取代了。他知道他能随着这些声音飘向远方，连电影海报上那些追捕黑帮的警察都追不上他。于是祥弟告诉自己他很幸运，就算饥饿也追不上他。

红红绿绿的灯光暗了下来。没有它们，这座楼跟天空中的灰尘一样灰暗。这是个无风的夜晚，晾在外面绳子上的衬衣、裤子、床单、毛巾和内衣一动也不动，晾衣绳被它们的重量压得坠了下来。祥弟想看到那些灯光，他喜欢它们从楼的一端跳跃到另一端的样子。一块块黑色的柏油印记在楼房上形成了阴影，他在想这楼房有多少年历史了，在里面出生的人是否还健在。人有没有可能一辈子待在一个地方呢？他有意考虑这些问题，来转移自己对饥饿的注意力，这是他没饭吃的第二个晚上了。

祥弟坐在水龙头边，看着大路。一辆出租车开了过去，司机右胳膊伸出车窗外，手里拿着一支烟，另一只手把着方向盘。祥弟听到了一辆摩托车的紧急刹车声，一个老太太跑到机动车道上去了，骑摩托车的人对老太太大声嚷嚷着，老太太也同样骂回去。

一辆贝斯特牌双层公共汽车斜着驶过主路，公共汽车里的白灯很亮，而且因为天很晚了，车里几乎是空着的。一个长胡子的人趴在前面座位的靠背上睡着了，祥弟在想这个人是不是坐过站了。

祥弟把系在脖子上的白布解下来，放在路面上，也不管会不会弄脏布。除了上面的三滴血，反正它也浸透了汗。他把头枕在布上躺下来。每次他一闭上眼睛，就饿得又睁开，胃饿得生疼。

祥弟听到卡车的声音，他想到了不到一天之前的那辆垃圾车。他本可以从孤儿院拿些面包出来的，萨迪克夫人会理解的。现在孩子们应该都睡了，他吸了一天的汽车尾气，然后他想到了普什帕，要是她住在街头的话，可怎么呼吸啊！

然后祥弟的眼睛不由自主地闭上了，各种形象在脑海中不断浮现：孤儿院墙上的鸽子，斜着出现在他眼前的三角梅花瓣，还有耶稣像。他在想耶稣知不知道他离开孤儿院？他都没机会去告别。但是在以后的几天里，祥弟都没有去祈祷的时候，耶稣应该就会意识到祥弟走了。

祥弟发觉湿湿的东西滴在耳朵上，他睁开眼，看见了一条狗。狗在他面前站了一小会儿，嘴里叼着块白布，然后开始跑。虽然祥弟的肚子还空着，又睡得迷迷糊糊，他也必须去追那条狗，因为唯一连接他和他父亲的就是现在狗嘴里叼着的那块白布。

尽管狗跑得并不快，而祥弟通常跑得都很快，但他发现自己现在也很难追上那条狗。祥弟看到那条狗在路灯下面，它拐弯的时候背上的毛立起来闪闪发亮。白布上那三滴可能是他父亲的血迹给了祥弟力量，他咬牙往前冲过去，却没有发现狗的踪迹。祥弟周围是一片两层的老楼房，那条狗可能已经钻进了哪条巷子，大晚上的谁也说不准。

祥弟弯下腰，吐出了一些胆汁，他像生病的小动物那样呻吟了一下。他用手擦了擦嘴，然后把手在棕色短裤上蹭了蹭。他突然听到了一声呜咽声，那条狗正在一栋楼后面的大垃圾桶旁边。嘴里还叼着那块白布，正试图爬上垃圾桶，可桶对它来说太高了。祥弟偷偷地跟在狗后面，可是狗很快察觉到了。祥弟努力伸长胳膊要去抓狗，而狗把全身肌肉紧绷起来，就好像要向祥弟猛扑过去一样，祥弟看到那狗是多么的又瘦又脏。他突然发现地上有只蓝色的塑料袋，看起来湿乎乎的里面像有什么东西。他把塑料袋捡起来递给狗，狗没有动。祥弟轻轻地吹着口哨，将塑料袋在狗嘴边晃来晃去，然后他把塑料袋高高地向上扔去。狗跳了起来，白布从它嘴里掉到了地上。在狗嗅着那只脏塑料袋的时候，祥弟一把抓起白布。他扔下那只在黑暗中喘着气的狗走了，狗的舌头还在嘴边伸着。

我决不会再从脖子上拿下这块布了，直到找到我爸爸。祥弟向自己保证。

祥弟又把布系在了脖子上，他感觉好像有人在看着他。他猛地一转身，只看到一只老鼠钻进了下水道。如果那个怕鬼的男孩邓都在，他会坚持说有个鬼在跟着祥弟。祥弟把脖子上的布系紧，开始往前走。

他走到了路当中的一只桶前，桶里装满了沥青。如果他有劲的话，会把桶推到一边去。可现在他顾不上管那只桶了，只希望没人撞上去。祥弟听到有人在咳嗽，咳得很厉害，只有病人才会那么咳。他往左边看，发现有间屋子还亮着灯。这马上让他想起了萨迪克夫人，他知道萨迪克夫人没生病，可是拆除孤儿院的事情让她在几个星期里老了好多。他向耶稣祈求着，为萨迪克夫人做了个简短的祷告，但他得到的唯一回应来自海报上的印度语电影女主角，她正睁着大大的眼睛看着祥弟。

祥弟又一次觉得后面有人在跟着他，但他还是继续看着海报，然后注意到即使是在黑暗中，女主角的皮肤也在闪着光，他看到了影剧院的名字——梦境。大玻璃橱窗里展示着正在上映的电影海报，祥弟过去看：一个黑衣人从卡车爆炸的火光中升起；一个母亲怀里紧紧抱着孩子，怒视着用枪指着她的年轻人；一位巡警骑着摩托车从一辆吉普车上空跃过。祥弟很惊讶地发现那位巡警是个女的。

祥弟听到了身后的脚步声，没错，有人在跟踪他。他想起萨迪克夫人曾经说过孟买不再安全了。但是为什么会有人要伤害他呢？萨迪克夫人可能只是在吓唬他们，因为她不希望孩子们离开孤儿院，到大街上去。

祥弟看到前面有只灯泡在晃来晃去，还有热气升腾起来，那是个小食摊。有个老头正在铁煎盘上煎着什么东西，没人在那儿买，祥弟就走了过去。尽管祥弟还没闻到味道，他的胃已经挣扎起来，步子越迈越大。他提醒自己要用正确的方式，礼貌地请求对方给一点吃的。

正当祥弟走近小食摊的时候，他听到后面传来一个声音："没用的。"

祥弟转过身，是个和他一般高的女孩，穿着一件褪了色的褐色裙子，裙子太大了，不合身。她光着脚，手腕上戴着橘红色的塑料手镯，她歪着头，鬈发从前额垂了下来。

"没用的。"她又说了一次。

"是你在跟着我吗？"祥弟问。

路边很静，只能听到远处一辆轿车换挡时发动机的嗡嗡声和喇叭声。

"那个老头不会给你吃的。"女孩说。

"你怎么知道我想吃东西？"

"看看你的样子，我还没见过这么瘦的人，你肯定好几个星期没吃饭了。"

祥弟想反驳说自己其实没有那么长时间没吃饭，他想要是自己不这么瘦就好了。

"你为什么跟着我？"他问。

女孩仔细把祥弟上上下下打量了一番，祥弟感到浑身不自在，就像他是全孟买城唯一的男孩一样。他想喝下一升又一升的水，把自己撑得大大的，但是水龙头离得很远。

“跟我来。”女孩说。

“去哪儿？”

女孩转过身往前走，祥弟不知道该做什么，他想吃东西。他又看了看那个小食摊，犹豫着是不是应该问那个老头讨点他正在做的东西。

“那个老头很小气，他什么也不会给你的。”女孩说，“但是我会。”

祥弟相信了她的话，他不知道为什么会有这样的感觉，但是他告诉自己直到现在还没有人好好对待他，也许马上就会好起来的。于是他跟在女孩后面穿过两栋楼之间的一条巷子，祥弟抬头往天上看，他知道天上有月亮，但是被云遮住了。祥弟身边的楼房内墙呈现出一种深蓝的色调。

“走的时候看着路。”女孩说。

“为什么？”

“你可能会踩着别人。”

祥弟往脚下看去，发现人们都露天睡觉，没有人在辗转反侧。他们肯定很平静，他想，又或者他们在做噩梦所以不敢动。

祥弟还没搞明白这个，女孩又带着他回到了大路上。他现在离普加小酒馆不远，一走上人行道，他就被路灯晃得失去了平衡。突然照在眼睛上的强光提醒了他，自己还肚子空空。他以为眼睛和肚子没什么联系，但是他错了。

“坐下来等会儿，”女孩说，“我一会儿回来。”

她转身刚要走的时候，一个男孩出现了。他光着膀子，皮肤很光滑，短发紧贴着头皮，一条深深的疤痕从嘴唇右侧一直延伸到耳边。祥弟惊恐地发现男孩的半只右耳朵不见了，男孩比祥弟大两三岁，也很瘦，看起来街头生活让他变得很壮实，他把棕色裤子的裤腿卷到了脚腕上。

“他是谁啊？”男孩问。

女孩在男孩耳边悄悄说了几句话，然后从他们身边走开了。

“啊！对，”男孩说，“他很合适，这么瘦。”

“我不瘦。”祥弟反驳。但他马上觉得这时候说这个很傻。他当然很瘦，孤儿院的科伊巴男孩们过去总叫他会走路的棍子，但祥弟并不怎么难过，因为在他的梦里，那根会走路的棍子变成了一根会打人的棍子，把科伊巴男孩们狠狠揍了一顿。

男孩把手伸进兜里，掏出了一根比迪烟，他用火柴点着了烟，但是没有扔掉火柴棍。他把火柴棍放回兜里，像头天晚上那些人一样把烟吐向空中。祥弟在想为什么这个男孩要抽烟，为什么他要抬起下巴把烟往上吐，就好像烟要从那个方向消失一样。

“这么说你很饿？”男孩问。

“对。”祥弟回答。

“但是我们没吃的，我们都吃光了。”

男孩深深地吸了一口比迪烟，他把比迪烟从嘴里拿出来的时候，烟头上的光映亮了一下他的黑眼睛。他的眼睛跟祥弟的眼睛不一样，长得又细又长。

“你从哪儿来啊？”男孩又问。

“就这儿。”祥弟决定不告诉他实话，他不能表现出自己是新来的。

“就这儿？什么意思……”

“我就住在这条街上，跟你一样。”

男孩把比迪烟递给祥弟。

“不，”祥弟说，“我不抽烟。”

“你不抽烟？你还是个男人不？”

“我……已经戒烟了。”

“你到底哪儿来的？”

“我都跟你说了，我就住在这条街上。”

“哦？那这条街叫什么名字？”

“我想叫什么就叫什么，名字有什么了不起的？”

祥弟不喜欢男孩笑的样子，他知道男孩在考他。

“如果你把这条街的名字说对了，我就给你点吃的。”

“你跟我说过没吃的了。”

“我说谎来着。”

他又抽了一口烟，那支烟只剩一半了。

“快点啊。”男孩说。

“库塔·格雷街。”

“你也清楚这可不是街名。”

“这是我给它起的名字，因为这条街上到处都是流浪狗。”

“你很聪明！”男孩说，但他没有看着祥弟。他看着手里的烟越来越短，然后问：“你能跑吗？”

“人人都能跑。”

“我不能。”男孩说。

“为什么？”

“这就给你看。”

男孩把比迪烟扔到地上，光着脚把它踩灭，然后从兜里把那根用过的火柴棍掏出来剔牙。他一迈开步子，祥弟就明白了为什么他不能跑，他的右腿瘫痪了，只能跛着走路。他用右手支撑着那条腿，然后试着就那么跛着跑起来，一边笑着，好像他是个小丑在给祥弟表演。他跑了几步，把火柴棍从嘴里拿出来，问祥弟：“怎么样？”祥弟想说太棒了，但他觉得跟那男孩不熟，不应该取笑他的残障。

“你都不笑的吗？”男孩问，“还是你的脸跟我的腿一样没感觉？”

“我跟你又不熟。”祥弟说。

“可你刚才还说我们住在一条街上，不是吗？怎么可能你不认识我呢？”他像刚才那个女孩一样打量着祥弟。

“我叫桑迪，”男孩说，“刚才那是我妹妹，古蒂。”

“桑迪和古蒂。”

“对。”

“你的腿是怎么回事？”

“就因为你知道我叫什么名字，你就觉得可以跟我打听事了吗？”

“我是想……”

“好啦，跟你开玩笑呢。告诉你我的腿怎么了，是小儿麻痹症。可又有什么关系呢，就是个名字而已。”

“就像库塔·格雷街。”祥弟说。

“库塔·格雷！”男孩嚷道，“我喜欢这个名字。你叫什么？”

祥弟回答他之前，那个女孩回来了，手里拿着一杯冒着热气的茶。祥弟从茶的颜色能看出来里面有很多牛奶。女孩另一只手拿着一片面包，尽管看起来不太新鲜。祥弟毫不在乎，他站起来，从女孩手里拿过面包，胡乱塞进嘴里，享受着面包的味道，但是没多久喉咙就把面包吞进肚子里了。

然后，祥弟又开始喝茶，他把杯子举到嘴边的时候手还有点儿抖。他吹了吹想把茶吹凉些，然后喝了一小口。茶喝着很淡，但是那种暖和劲让他很舒服。他想多要点糖，但又提醒自己这不是在孤儿院。

祥弟知道桑迪正在打量他，而古蒂就站在她哥哥身后。

“他正合适，”桑迪说，“他好瘦。”

“那我们就来盼望他能跑得很快。”

“我能跑得很快。”祥弟说，尽管他并不知道为什么要证明自己。

“那给我们看看你跑得有多快。”古蒂说。

“现在吗？”

“对。”

“我现在没劲跑。”

祥弟不喜欢谈论跑步的事，他爸爸就跑得很快。他想起了萨迪克夫人的话，“他从你身边跑开的时候，就好像你是个鬼魂一样……”又或者萨迪克夫人没这么说，但是祥弟从她的话里得出了这样的感受，是祥弟使他爸爸从他身边逃走。而现在这兄妹俩在问他能不能跑，好像也不是什么好事，不过至少他们给了他吃的，让他的肚子舒服多了。

“你要找个地方睡觉吗？”桑迪问。

“是啊。”祥弟说。

“问问他叫什么名字。”古蒂说。

祥弟不喜欢古蒂不直接和他说话，她甚至不看着祥弟。

“你叫什么？”桑迪问。

“祥弟。”

“啊？”

“祥弟。”

“真是个奇怪的名字，但是我喜欢。你知道我为什么喜欢吗？听起来跟我的名字桑迪很像。桑迪和祥弟，我们会成为好伙伴的。”

桑迪蹒跚着走过来，搂着祥弟的肩膀。

“我知道我们会成为好伙伴的。”

“我习惯独来独往。”祥弟说。

他不知道为什么这么说，但是他想证明给桑迪看，他已经是个街头的男子汉了。古蒂大笑。

“他说起话来像电影里的人，”古蒂说，“看看他大热天脖子上还系着围巾，我把他带过来可真不是个好主意。”

“我会训练他的，”桑迪说，“跟我们来吧，祥弟，我们的地盘在树下面。”

于是祥弟跟着桑迪往前走，因为这是桑迪一晚上说过的最真诚的话。祥弟注意到那棵树特别的安静，没有一片叶子在动，奇怪的地方在于，那棵树就像是直接从水泥人行道上长出来的一样。他走近的时候，看到了树根附近的泥土。这棵树一定年代很久远了，他估计人行道是围绕着树建的。

挨着树干的是一个用麻袋片、硬纸板和诸如此类的材料拼凑起来的一个临时窝棚，几根竹竿和绳子把麻袋片支了起来。祥弟看到两只铁碗，一袋还剩四片的面包，一个生锈的马口铁匣子，还有一个小煤油炉。另外还有个旧木箱，上面涂着"Om"两个字母。

"欢迎来到我们的小家。"桑迪说。

古蒂在麻袋片屋顶下躺了下来，睡在了地上。她一边挠着脚趾头，一边愁眉苦脸。桑迪也在人行道上躺下了，他把两只手枕在脖子下面，看着天空。

祥弟小心地学着桑迪的样子躺下，可问题是桑迪已经闭上眼睛，好像过几分钟就能睡着，祥弟却知道自己今晚会很难入睡。在孤儿院里有张床和干净床单，可在这儿，连身子下面的人行道都不平，石头和脏东西硌着他的背。他只能望着天，希望黑夜能带他进入梦乡。

然后他问自己，是不是他妈妈也曾经生活在这片天空下面。

以前祥弟也有过这样的念头，但是今晚他确信了这一点，这是我爸爸离开我的唯一原因，他想。我让他想起了我的妈妈，她现在就在这儿住着，总有一天，她会出现在我身边。

祥弟看着夜色，想象着他妈妈的样子。他从一颗星星连到另一颗，用线条连起了他妈妈的身形。他把最大的一颗星星当成妈妈的头，根据他一直以来的想象，黑色的长发从头上披散下来。祥弟没有把星星当做妈妈的眼睛，因为他过去梦见过妈妈，在梦里他看到妈妈的眼睛又大又黑，和他的眼睛一样，于是他把这个样子也放到了天上。

很快祥弟闭上了眼睛，他能听到孟买在呼吸——汽车喇叭声，狗的喘气声，还有……女人的呻吟声。

是的，他听得很清楚，有个女人在呻吟。

祥弟用胳膊肘支起身子坐了起来，看到地上有个身影，正靠着对面楼房的墙。天太黑了，看不清是什么人，但毫无疑问那个人身体很不舒服。他瞅了瞅桑迪和古蒂，要不要叫醒他们呢?

如果我叫醒他们的话，他们没准会觉得我害怕了，他想。

但是祥弟又不能不管那个呻吟的人，他站起身来，慢慢走到那人跟前。他踩到了一个尖东西，赶紧挪开了脚，他希望那不是碎玻璃，因为他脚上已经扎进碎玻璃了。他往下一看，是个汽水瓶的瓶塞。当祥弟走近那个女人的时候，他注意到女人闭着眼睛，头靠着墙，正在自言自语，可祥弟听不懂她在说什么。

正当祥弟想扶着她的肩膀安慰她时，他惊呆了。那个女人怀里还抱着个婴儿，只有几个月大，一动不动。女人的脸脏得一道道的，祥弟凑近一看，发现她的头发一撮撮地往下掉。她继续呻吟着，紧闭着眼睛。

祥弟离那个女人很近，近得能感受到她的呼吸。她的眼睛周围有很多细纹，脸上的皱纹被汗和灰尘染黑了，嘴唇干裂苍白。祥弟看着那个光着身子的婴儿，用指头轻轻摸了摸孩子的脸，孩子没动。回去睡吧，他对自己说。他手指抖着又轻轻碰了一下那孩子，这回是肚子，还是没动静。

“你在干吗呢？”桑迪问。

祥弟马上转过身来。

“别怕，是我。”

“我没怕！”

“你在干吗呢？”

“我就是……我觉得这个婴儿……好像不太舒服。”

桑迪似乎并没有被那个女人和她怀里的孩子吓着，“回去睡吧。”他说。

“但是那个孩子没气了。”

桑迪把手指放在孩子嘴边。“我能感觉出来他在呼吸，”他说，“他在睡着呢，不用担心。”

桑迪接着捧起那个女人的脸，叫她：“艾玛。”

桑迪轻轻地晃了那个女人几下，她不呻吟了。

“你认识她？”祥弟问。

桑迪把手放到祥弟肩上，领着他回到了他们的小家。祥弟不知道桑迪这样做是为了支撑他那条不好使的腿，还是一种友谊的表示。

“去睡吧，我们明天还有事要做。”桑迪说。

“什么事？”

“我明天会告诉你。”

他们俩又重新躺在了人行道上。

“祥弟。”

“什么事？”

“你跑得很快，对吧？”

“你为什么总问这个？”

“就告诉我嘛。”

“对，我跑得很快。”

“好。”

桑迪闭上了眼睛，他摸着妹妹的手，他妹妹还在睡觉，动了一下，但并没有醒。祥弟还在想着那个女人，不知道她为什么呻吟，她又在自言自语些什么。于是祥弟抬起头，又看了看那个女人，她龇着牙看着月亮，孩子仍然在她怀里一动不动。

祥弟又抬起头望着天空，祈求妈妈出现，但那也许是不可能的，于是祥弟对妈妈说，希望她把星星排列成爸爸的名字，如果祥弟要在这个城市里成千上万的人中间找到爸爸，只有上天能告诉他爸爸的名字。

第五章

心动 Touched

古蒂直视着祥弟，祥弟产生了一种奇怪的感觉，就好像他俩以前就认识一样。他想躲开古蒂的目光，可又做不到。古蒂揉了揉鼻子，橘红色手镯映着早晨的阳光，一切看起来都好极了。

清晨，街上恢复了生机，乌鸦停在路上和屋顶上，叫醒了祥弟。他惊讶地发现街上有好多人已经醒了，一个小伙子躺在手推车上打了个哈欠，伸着懒腰。他坐了起来，用手拢拢头发，睁开了眼睛。两个人从小伙子身边经过，手里拿着一小桶水，他们彼此笑着，就好像其中一个人讲了个笑话。一个穿着咔叽布短裤的人拿着长把扫帚在人行道上扫垃圾，一个老太太蹲着用手指头刷牙，她的嘴上有一层厚厚的黑牙膏，然后端着一个蓝白条的大杯子漱口，把水吐在人行道上。老太太就在清洁工面前漱口，也不管他刚刚扫过那块人行道。一个穿着白色长袍的秃头男人光着脚穿过大街，他一只手拿着个长柄杯，另一只手拿着凋谢了的金盏花，从那个人额头上的红点来看，祥弟断定他是要去神庙。

祥弟听到古蒂在清嗓子，她也跟那个老太太一样，往街上吐痰。古蒂的脸比昨天晚上看起来又脏了点，嘴里塞满了吃的。祥弟发现她是戴着橘红色手镯睡觉的，她身上的棕色裙子上面有些小洞，她在裙子上擦手，拿裙子当毛巾使。

“看看他，”古蒂说，“他睡觉还戴着头巾，我跟你说过他就是个傻瓜。”

“让他待着吧。”桑迪说。

桑迪肯定是最早起来的，祥弟想，他看来早就醒了。桑迪打开一个生锈的马口铁匣子，从里面拿了盒火柴，在小煤油炉上生起火，把小铁碗放在上面。祥弟还是忍不住要去看桑迪脸上的疤痕，疤痕很深，边缘凹凸不平，就像皮肉曾经被翻开一样。祥弟不知道桑迪的右耳朵是怎么少了半只的，如果他们是在大街上躺着，那也许是被老鼠咬掉的。祥弟庆幸他昨天晚上没想到这个，他试着不去看那只耳朵。

“你要喝茶吗？”桑迪问。

“你能不能先不给他吃这吃那的，先让他干点活？”古蒂大声说。

祥弟往棚子里一看，惊讶地发现艾玛也在那儿。她还在自言自语，但不像昨天晚上那样呆坐着不动，她怀里抱着孩子前后摇晃着，孩子的肚子鼓鼓的。

“她在这儿干吗呢？”祥弟问。

“这关你什么事？”古蒂问。

“我没有别的意思。”

祥弟没有解释说他看到艾玛在棚子里感到惊奇，是因为好像昨天晚上桑迪并没有怎么照管她。

“我要去哪儿？”祥弟问，他直接问桑迪，不去看古蒂。

“干吗？”

"你明白我的意思。"他局促不安地说。

"可你昨天晚上只吃了一片面包,"古蒂说,她好像比她哥哥更快地明白了祥弟的意思,"难道你跟我们说肚子饿是在撒谎吗?"

"你自己选地方,"桑迪说,"爱在哪儿在哪儿吧。"

"如果有人看到我怎么办?"

"告诉他们别拍照片。"古蒂说。

桑迪和古蒂大笑起来,"就这你还指望我们相信你就在街上住?"桑迪说。

"不,只是……"

"跟我来。"桑迪说。

他领着祥弟到了几十米开外的三级破台阶前,角落里有个柱子,生锈的铁丝从里面穿出来,地上到处是散乱的石板。

"这个楼被烧了,"桑迪说,"只有这三级台阶还留着。我们拿它当厕所用了,现在蹲在台阶后面解决吧。"

桑迪蹒跚着走开了,祥弟正褪下短裤的时候,桑迪转过身看着他。

"小心你的宝贝,"他喊着,"老鼠没准会偷的。"他拍了一下大腿,走开了。

祥弟想快点解决,不是因为他相信了桑迪说的老鼠,而是他感觉很不舒服。他想到了萨迪克夫人,如果萨迪克夫人看到他现在这个样子,一定会惊呆的。如果科伊巴男孩们看到他在大街上方便，会到处去说的。祥弟想起了孤儿院的厕所，两年前的一个下午，萨迪克夫人去市场买东西了，他在厕所里发现拉曼晕倒了。祥弟弯下身把他弄醒，他都不敢相信酒精的后劲有这么厉害。他把水洒在拉曼脸上，拉曼突然坐起来，胳膊抡来抡去，大声嚷嚷，把祥弟吓跑了。

祥弟解完大便，不知道该怎么擦干净，他蹲着四处看看。如果是在孤儿院的话，他就会用一片叶子擦，但是他唯一能看到的那棵树就是搭棚子的那棵，而且那棵树的叶子又长得太高了。

一块圆石头帮了他的忙，他发现那块石头就有半尺远，就把它拿了过来。他用石头擦屁股的时候，又想起了科伊巴男孩，也许他们应该用这块石头玩科伊巴游戏。

祥弟把短裤提上来，回到了树那边。桑迪和古蒂已经在喝茶了，他们用同一个杯子轮着喝。

“你方便完了吗？”桑迪问。

“嗯。”

“那喝点茶吧。”

“不，我不饿。”

“是不是我们的茶不合大王的口味。”古蒂话里带刺。

“不是这么回事，我觉得茶不够喝，因为你们俩在分着喝。”

“我们是用同一个杯子喝，”桑迪说，“我们的茶够喝，但是只有一个杯子。你和我们一起喝吧。”

他把杯子递给祥弟，祥弟犹豫着。

“你是不好意思吗？”桑迪问，“你是觉得我妹妹的嘴碰过的杯子，你要是也碰了的话……”

古蒂打了桑迪的手一下，小声说：“大早晨的……”

“别嫌她。”桑迪说。

祥弟看到古蒂从一个小锅里往一个瓶盖里倒了一点奶，那个瓶盖看起来就像拉曼喝酒的酒瓶盖子一样。然后古蒂走到艾玛怀里的孩子身边，往他嘴里喂了一点奶。

“她在干什么呢？”祥弟问。

“给孩子喂奶。”

“为什么艾玛不给孩子喂奶呢？”

“艾玛生病了。”

“哦……”

“艾玛没奶了。现在别问问题了。”

祥弟又喝了一口茶，把杯子递给桑迪，桑迪从碗里又往杯子里倒了点茶。艾玛又开始呻吟，尽管她看着自己的孩子，可又像视而不见似的。祥弟扫了桑迪一眼。

“她是我们的妈妈，”桑迪突然说，他看着在炉子上冒着气的大碗，“她总是带着个孩子到处乱走，现在我们也懒得管了，我们跟她说话她也不怎么听得懂。她就是坐在角落里，把自己的头发往下扯，我看到她这样就心烦。”

“你们的爸爸呢？”祥弟问。

“死了。”

问了这样一个问题，祥弟真想给自己一个耳光。

“你看到那儿的艾拉尼面包房了吗？”桑迪问。

祥弟看了看对面的面包房，那儿有个招牌写着“罗斯塔米面包店”，招牌上还有百事的广告。招牌下面，一个留着大胡子的人正在擦着陈列面包的玻璃柜。他的衬衣敞开了上面的几个扣子，一片浓密的黑色胸毛露了出来。面包房旁边是古斯塔咖啡馆，一个小男孩正在擦地，不时停下来揉揉眼睛，好像还没睡醒。咖啡馆里黑色的椅子两把两把地摞在一起，大理石面的木腿桌子随意地散放在店里。

“三年前我们的爸爸被车撞了，”桑迪接着说，“就在面包店外面。”

如果爸爸三年前死了，艾玛怎么又有了个孩子？祥弟没有把这个问题问出来，“对不起。”他只是说。

“该怎么办呢？我们一点办法都没有，”桑迪说，“我们的妈妈在爸爸死后就疯了，我们现在还得照顾她。该怎么办呢？”

祥弟感到很不安。他应该接着桑迪的话头吗？

“你能帮我们。”桑迪最后说。

“我？”

“我们有个打算。”

“什么？”

“去偷。”

这个想法吓了祥弟一跳，他还从来没有偷过东西，一次都没有。甚至他在孤儿院的时候，知道萨迪克夫人放奶油饼干的地方，他也从没有偷偷拿过，从来都是给他吃他才拿着。

“我不去偷东西。”

“胆小鬼。”古蒂说。

“别担心，”桑迪说，“这个计划没问题。听着，艾玛病得很重，如果我们不带她去看病的话，她就撑不下去了。如果她有个三长两短，谁来照顾孩子？”

“她不会有事的，”古蒂尖声说，“我不会让艾玛出事的。”

“明白了吗？”桑迪问。“我们想偷点钱带她去看病，然后离开这儿。”

“永远离开。”古蒂说。

“那你们要去哪儿呢？”祥弟问。

“回乡下去，”古蒂说，“我们老家在乡下。你到底帮不帮我们？”

她用大大的棕色眼睛瞪着祥弟，祥弟想起了昨天晚上见到他们时，他们待他还很好，但这么快就变了，他有点糊涂了。

“怎么不说话了？”桑迪问，“如果我能跑的话，我就不会找你帮忙了。看看我这样，我怎么能跑呢？我一跑他们就会抓住我，把我打得皮开肉绽。”

“可是我跑不快。”祥弟说。

“你一直都在夸口说你跑得快，”古蒂说，“那要不是你在撒谎，就是你确实跑得快。”

祥弟知道自己跑得很快。他还小的时候，从《仙达玛玛》上听到一个故事，讲的是一个男孩尖叫得太厉害，说不出话来了，然后有个神仙出现了，告诉他如果他正快地跑，没准就能把声音追回来。于是祥弟就在院子里使劲跑，直到他意识到那是不可能的，但至少这个故事让他跑得更快了。

“求你帮帮我们吧。”桑迪说。

古蒂正准备说话，艾玛怀里的小孩哭了起来。艾玛前后摇晃着，嘴里还说着什么——这回声音挺大——可她仅仅发出了痛苦的叫声。孩子的哭声和母亲的哀叫声混在一起，让祥弟心里很不舒服。桑迪揉着太阳穴，好像疼痛已经蔓延到那儿去了，古蒂竭力安抚着孩子。

祥弟不由得看着艾玛，艾玛的眼睛往上翻，好像她不用抬头就能往天上看。祥弟觉得艾玛一定讨厌汽车喇叭声，因为是汽车撞死了她丈夫。没准每次一听到汽车喇叭声，艾玛就会觉得要出事，她被吓着了。祥弟希望艾玛能说句话，这样还有个人样，可艾玛只是在那儿哀号。

祥弟对自己说，他不在乎爸爸是不是很穷，不在乎是不是像拉曼一样在孤儿院里扫厕所，他只希望爸爸是个正常人。但是还有个问题，他爸爸得记得自己有个儿子，不像艾玛，她已经忘了自己的孩子。

太阳出来了，祥弟看着艾玛的头皮，头发掉下来的地方，或者说是被揪下去的地方，头皮是粉色的。祥弟在想象着艾玛在毫无知觉的情况下一撮撮地往下揪头发，他想到这个，露出了难过的表情。然后发现古蒂正在看着他，远处桑迪爬到了那座被烧毁的楼房那边，祥弟在想桑迪方便完用不用石头擦。

“你帮不帮我们？”古蒂问。

祥弟知道如果告诉她自己不偷东西，她又会管自己叫胆小鬼，于是他没说话。

“我们要去偷神庙里的礼拜香火钱，听见了吗？”

“嗯，”祥弟说，“拐角那个庙吗？”

“对，就那个，在它前面有个门诊部。”

“那庙里怎么会有钱？庙太小了。”

“过两天他们会为甘尼夏神举行礼拜会，有个当官的，名字叫 Namdeo Girhe，关于他有个故事，他妈妈怀着他的时候很穷，没有地方去，就在庙门外睡。人们看到她要生孩子了，给了她点钱，她就在庙门口把孩子生下来了。年轻的僧侣告诉她，因为她的孩子是在庙门口生的，得到了甘尼夏神的保佑，将来会有出息的。后来果然成了真，所以很多人都信这座庙的神力。Namdeo

Girhe 每年过生日的时候，都会到这儿来祷告，而且把钱放在甘尼夏神像的脚边讨神的欢心。然后僧侣把钱收在一个塑料盒子里，在那边一直放到晚上，让大家看看 Namdeo Girhe 对神有多么虔诚，这座庙又是怎样的灵验。这样一来，一年到头就有越来越多的人到这座庙来进香，僧侣也就越来越肥。”

“我不能偷神的钱。”

“我们是他的子民，他不会怪罪的。”

“为什么你不去呢？”

“我比你胖。”

“那又怎么样？”

“听着，”她说，“知道我为什么找你吗？你瘦得像根棍子。”

“咋啦？”

“你得从神庙窗户的铁栏杆中间钻进去。”

“什么？”

“难道你觉得庙门会给你打开吗？我们在你身上涂上油，这样你就能钻过窗户的铁栏杆，如果你被发现了，你身上滑溜溜的，也没人能抓得住你。”

“你们以前这么干过很多次吗？”

“从来没有。”

“那你是怎么知道这些的？”

“我爸爸……我爸爸以前偷过东西，他和艾玛说的时候我们听到了。偷庙里的香火钱是他的主意，可他偏偏在礼拜那天死了。”

“对不起，”祥弟说，“我不能去偷。”

“为什么？”

“这是错的。”

“错的？那我爸爸的死呢？艾玛发了疯不能给孩子喂奶呢？这些也是错的，对吗？”

“对……”

“好，那去偷就是对的。我们就是想离开这儿，我们不是去做坏事。如果我哥哥能跑的话，我们就不会找你了。”

古蒂直视着祥弟，祥弟产生了一种奇怪的感觉，就好像他俩以前就认识一样。他想躲开古蒂的目光，可又做不到。古蒂揉了揉鼻子，橘红色手镯映着早晨的阳光，一切看起来都好极了。

只是古蒂让自己去偷东西的事除外。萨迪克夫人总是警告孩子们说：记住，做贼一次，做贼一辈子。她说这话的时候，前后挥着手，祥弟吃惊地发觉，萨迪克夫人的手好像就在自己面前。

但他马上意识到这是艾玛的手，她在把什么东西放到嘴里去。古蒂轻轻地“哦”了一声，跑过去不让艾玛吃，因为那是艾玛在地上发现的一小团她自己的头发，她把那个当成吃的了。

祥弟不再看艾玛，抬起头来看着他们栖身的那棵大树。那棵树长得乱七八糟的，就好像害怕往上长一样，又或者它的枝条不知道往上长。如果他能爬上树的话，他没准能看一眼孤儿院，和耶稣说上话，那样他就会问耶稣，去偷东西帮助别人行不行？

“你往上看什么呢？”桑迪问，“等着天上掉馅饼吗？”

祥弟笑了。和这兄妹俩在一起有种奇特的感觉，尽管祥弟昨天晚上才遇到他们，可他觉得好像跟他们比跟孤儿院里的大部分孩子都要熟一样。在孤儿院里，除了普什帕，祥弟从没觉得跟任何孩子有亲近感。祥弟突然想知道普什帕怎么样了，他觉得有点内疚，答应给普什帕读那个《饥饿的公主》的故事，还没读就跑了。他希望萨迪克夫人能跟普什帕解释他离开的原因。

“跟我来。”桑迪说。

祥弟跟着桑迪顺着路走去，他看到一头奶牛卧在人行道上，一个人扛着个空调从奶牛身边走过。奶牛挡住了那人的路，他想把它轰走，奶牛却一动不动。

“我们要去哪儿？”祥弟问。

“去乞讨。”

“乞讨？”

“别这么吃惊，你就在街头流浪，不是吗？乞讨有什么不好的？这是个家族事业。”

“我……可我们怎么做呢？”

“首先，你得跟我说实话。”

“什么实话？”

“你究竟从哪儿来。否则，我就用那条坏腿踢爆你的头。”

祥弟知道没有必要再隐瞒了，在这样的地方，他需要桑迪的帮助。如果他们能成为朋友，他可以告诉桑迪他打算去找他爸爸，但他们俩都笑话他怎么办——尤其是古蒂？不过如果汽车没有撞死她爸爸，如果她爸爸只是失踪了，但还活着，古蒂也会想要去找他的。

“我是得求着你告诉我吗？”桑迪问，“我们别互相乞求啊，敌人在那边呢，坐在出租车里呢。”

“我是从孤儿院里出来的。”

“那是什么啊？”

“你不知道孤儿院是什么？”

“啊对，我不知道。”

“孤儿院就是没有父母的孩子们待的地方。”

“这种地方还有个名字。”

“是什么？”

“孟买，”桑迪说，“你还笑哪，这是真的。这座城市是我们的家，我们在里面过活。糟糕的是，孟买是个婊子。”

祥弟从没说过这样的粗话，科伊巴男孩们这么说话，他觉得没什么好处。

“怎么了？”桑迪问，“你不喜欢我骂孟买？”

“不，我只是……”

“或者你不喜欢骂人？”

“对。”

“跟我待几天，到时候你就能站在房顶上骂‘王八蛋’和‘龟孙子’了。不管怎么样吧，至少你承认你不是从街上来的了。”

“你怎么知道这个的？”

“太多地方能看出来了。看看你的牙吧，干净整齐，这说明你每天刷牙。”

“对。”

“看看我的牙。”

桑迪张大嘴，祥弟看到他的牙残缺不全，乱七八糟，看起来就像为了抢地盘一样一个摞一个地长着。祥弟转过身去，桑迪的口臭太难闻了。

“我一天都没刷过牙，不过你可别被它们的样子骗了，它们虽说又黄又缺，但是只要我想，我能把你的胳膊咬成两截。你如果要跟我打架的话，我不但会咬断你的胳膊，还会把它打得粉碎。”

“不，我相信你……”

“不光是你的牙，你的举止早就让你露馅了。”

“我的什么举止啊？”

“你做起事来像个王子，考虑了以后才说话。我说话的时候就像吐唾沫一样喷出来。”

他们边走边说着话，这时祥弟看到了一辆冷饮车。一个塑料搅拌器里装着橙汁，放在摆着橙子和酸橙的玻璃柜里。有一些橙子放在玻璃柜顶上，祥弟看到橙子被摆成金字塔形状感到很惊奇，就好像卖冷饮的人是变戏法的或者杂技演员一样。祥弟希望晚上能看到冷饮车，那时候玻璃柜里的灯一亮，橙子和酸橙肯定都会闪着光。

“希望路上大堵车。”桑迪说。

“为什么要堵车？”

“这样汽车就堵在一起，在红绿灯之间我们就有更多的时间了。我是不是什么都要跟你讲一遍啊？你不能自己想想吗？”

“可现在还是早晨呢。”

“怎样？”

“不会堵车啊。在孤儿院我们下午才能听到汽车喇叭声呢。”

“你们那个孤儿院到底是个什么地方？你们都在那儿学了些什么东西啊？”

“我在那儿学会了读书写字。”

“你会读书写字？”

“会。”

“那你觉得自豪吗？”

“挺自豪的。”

“这一点用都没有，你个傻瓜！你到出租车旁边去讨钱的时候，人家可不会问你‘不好意思，你的名字怎么写来着’。”

“那我要怎么做呢？”

“你要表现出你在受苦一样。”

“我们是在受苦。”

“哦，孩子，这是孟买，没人在乎真相，人们需要的是煽情。眼泪！你能哭出眼泪吗？”

“专门哭吗？”

“对啦。我给你做个样子看看。”

桑迪把手放在祥弟肩上，祥弟停了下来。在他们前面，一个老头正在打开一个小修表铺子的卷闸门。

“现在听着，”桑迪说，“乞讨没什么丢脸的，我们是聪明孩子，如果命好的话，我们就不会乞讨了。没人给我们活干，所以我们只好做这个，没什么丢脸的。”

祥弟发现桑迪的话音突然变了，他的声音轻了些，但是更坚决了。

“相信我，眼泪总会出来的，”桑迪接着说，“想到我爸爸被车轧死了，艾玛尖叫着朝他跑过去……我不得不抱着我妹妹，因为我比她还害怕，我们都不敢走近我爸的尸体。我又想起了艾玛，她每天晚上是怎样坐在黑暗的角落里，往下揪头发，每天想到这些，我都会流泪。”

然后他往手上吐了口唾沫，往头上抹抹，虽说他头发没多长。阳光下，桑迪脸上的疤痕看起来更暗了，就像那里的皮肤被一点点剥去一样。

“就算长着这么张脸，我还得看起来很帅，”桑迪说，“明白吗？你知道我出去乞讨的时候，有多少电影想找我演吗？我都拒绝了，谁想出名啊？看看身边，我啥时候想撒尿，就能脱下裤子撒尿，没人会拦着我。有几个影星能这么干啊？”

祥弟还是看着那块疤，他知道那肯定让桑迪很不舒服，桑迪那只残缺的耳朵边上像撕坏的纸一样参差不齐。

“为了那些大妈，我得看起来帅点，”桑迪接着说，“胖大妈们有钱。”

桑迪说着，从人行道上走下来，到了大路上。祥弟看着他的新朋友朝一辆黑黄相间的出租车走过去，那辆车正要停下来等红灯，车上没拉人。祥弟发现这条街两边的楼房比他们棚子附近的楼房高多了，电视天线从楼房的天台上拉伸出去。

“拜亚，给点吧。”桑迪对出租车司机说。

“大早晨的别吃我的脑子。”司机说。

“可如果我没东西只能吃你的脑子呢？”

“你舌头还挺利啊，小心割着自己。”

“没问题，我的舌头是挺利的，吃的都不敢进去。看看我多瘦。”

“我看你可不瘦。”

“你看我这条腿都不能动了。”

“你还有什么病？”

“我爱上别人了，这是最麻烦的病……”

“哈！”出租车司机说。他伸进咔叽布衬衣兜里拿出了一个卢比硬币给桑迪。

“一个卢比我能买点啥呢？”

“你能买到路，”司机说，“我不想再看见你。”

“下星期行吗？”桑迪问。

出租车司机笑了。这时绿灯亮了，桑迪快速回到了人行道上。

“真棒。”祥弟说。

“就别夸我了，你也挣点钱吧。”

“我想先跟你学着点。”

“你想学我？不会读书写字的我？”

“我想学会怎么乞讨。”

“那你这会儿就是我的徒弟了。”

“那说定了。”

“那对我尊敬一点，你这傻瓜。叫我先生。”

“先生。”

“现在注意听，第一条，别跟出租车司机要钱。”

“可你刚才就是这么干的。”

桑迪弹了祥弟脑门一下：“别跟你师傅争。出租车司机很少会给钱，不过刚才那个是个老主顾，我都认识他两年了。每天他都会走同一条路，他心情好的时候就会给钱。跟出租车司机你没法煽情，因为他们过的也跟咱们一样糟，或者没准能好点，所以他们不会拿眼泪当回事。另外，不要傻到跟他们说你会读书写字，因为没准他们自己都不会。你不能让他们觉得你比他们聪明，你是个乞丐，乞丐都很笨。”

“好吧，我会装得笨点。”

“有时候装傻也管用，尤其是对于那些体面的夫人来说。搞个对眼发出怪声，用头往出租车上撞几下，走近窗户朝她们脸上咳嗽，保证能拿到钱。”

“对。”

“还有一对对的爱情鸟。知道什么是爱情鸟吧？”

“知道。”

“说说。”

“爱情鸟是……情侣……”

“你不好意思啥呀？爱情鸟多美啊，你得告诉他们，‘你们就像莱拉和马努一样，会永远在一起……’”

“祝你们多子多福。”

“不！别提孩子的事！小伙子会扇你耳光的，他可不想让自己的女朋友胖得像个皮球，他想要皮球的话，自己会买的。别提孩子，就说他们俩真般配，你要运气好的话，他们就会给你一点钱。要钱的最好时机是他们接吻的时候，你就一直缠着他们要钱，‘求求你给我点钱吧，求求你给我点钱吧’，一直一直说，直到小伙子不耐烦了，给你一张五卢比钞票。”

“五卢比？”

“对，爱的代价。现在大头来了，外国人。跟这些人你得利用他们的同情心，要把脸搞脏点，把唾沫抹满脸，弄得就像你一直在哭。然后走到车窗跟前看着他们，不过麻烦的是他们一般都戴墨镜，总之这么做就是了。如果他们没有马上给钱，就说些‘我爸爸打我了’，‘我妈妈快要死了’，‘我的车坏了’之类的话。”

“我的车坏了？”

“说啥都没关系啦，他们又不知道你在说啥，至少大部分人听不懂，不过有些人很聪明，能说咱们的话。还有很多种人……不过今天的课就到这儿吧，你可以回家了。”

“我已经在家了啊，现在街头就是我家。”

“哇，真会说话！看来你准备好了，那去挣点钱吧。”

桑迪蹒跚着从祥弟身边走开的时候，一辆货车开过，吹了桑迪一脸黑烟。桑迪没有躲着烟，反倒深深地吸了一口，然后他转过身跟祥弟喊：“都吸进去，这会让你的肺强壮起来！”桑迪开始咳嗽，“这是个让你流眼泪的好法子”，他说，“让烟吹进眼睛里去，把脸弄脏点，太干净了，我一个卢比也不会给你！别大摇大摆地走路，弯下腰，承担生活的痛苦，反正你过一两天也就明白了。把脖子上的白头巾拿下来，孟买不是避暑胜地！”然后桑迪大笑起来，祥弟觉得这样确实挺怪的，看到这个男孩一瘸一拐地走着，脸上被烟熏得黑糊糊的，却咧开嘴大笑着。

祥弟正准备走下人行道的时候，一个坐在木头手推车上的人从他身边经过。那个人没有腿，右眼上边有条很深的伤口，苍蝇叮在上面。那人用胳膊撑着从手推车上下来，把手推车放在大路上，然后又坐了上去，他的脖子后面长了个像板球那么大的瘤子。祥弟转过身想找桑迪，已经看不到他了，而一个黑黑的小男孩，也就四岁大，站在人行道上看着祥弟。小男孩拖着鼻涕，光溜溜的身子只在腰上系着根黑线。小孩一直盯着祥弟看，祥弟只好闭上眼睛。

他想象自己正在孤儿院的院子里，小风吹着，三角梅朝他摇摆，拂动着他的脸。刹那间它们长满了院子，爬出了黑色的院墙，长到了祥弟离开孤儿院经过的那条小街上。三角梅生长的速度让祥弟惊呆了，它们很快就会长到这儿来的，他对自己说。

一辆卡车擦着祥弟开了过去，但他没听到卡车的轰鸣声。

有辆私家轿车开来，车窗上贴着彩色的贴膜，里面放着重低音的音乐。当祥弟走过去的时候，他想起了桑迪讲的流眼泪的方法，试着回想他第一次意识到自己是孤儿时的情景，但是他想不起来到底是什么时候了。他只知道有一天自己在院子里转悠时，萨迪克夫人坐在井栏上，祥弟看着她，突然明白了她不是自己的妈妈。尽管那天他十分伤心，可是他没有哭，今天他也不会因为那件事流泪的。

祥弟敲了敲车窗，车窗还关着。祥弟又敲得重了点，一个小伙子气哼哼地摇下车窗。

"滚开，"他说，"如果你再碰一下我的车，我就给你好看。"

祥弟知道要不到钱了，就走到下一辆车跟前，那是辆出租车。祥弟回头看看是不是还在亮着红灯，突然一阵风把灰尘吹进了祥弟的眼睛里，他开始流泪。祥弟揉着眼睛，但是不管用，他迷迷糊糊地想回到人行道上去，差点撞上一辆摩托车。然后他听到了发动机运转的声音，意识到一定变绿灯了，汽车开始往前驶，喇叭声响成一片。祥弟听到有人大声骂浑蛋，他明白是在骂他，就使劲眨眼睛，想把脏东西弄出去，可是却钻进了更多的尘土，眼前是身边楼房的灰影子和路灯的亮光。祥弟的脚趾头磕在马路牙子上，他疼得大叫了起来，跌跌撞撞地走到人行道上，现在安全了，祥弟坐在地上闭上眼睛。

"嘿！"桑迪的声音突然蹦了出来，"你在这儿闲待着干吗呢？"

"眼睛进东西了。"

"嗯，是眼睛。能站起来吗？"

"我看不见……"

“你可真娇气，哈，”桑迪说着，把祥弟拽了起来，“现在睁开眼。”

“如果我能睁开眼，不就没事了吗？”

桑迪用手指头掰开了祥弟的右眼皮，他指甲里黑糊糊的净是脏东西。“啊，这儿，我看到了。”他往祥弟眼睛里吹着气。

“是什么呀？”

“脏东西呗，还能是啥。”

桑迪一直吹着气，但是不管用。“现在别动，”他说，“我用指甲从你眼睛里把脏东西挑出来，老实待着啊。”

“什么？”

“我小拇指指甲很长，我觉得痒痒的时候就用它……”桑迪故意不说了，祥弟突然接上来说：“你要把那指甲伸进我眼睛里去？”

“我说着玩呢，说着玩呢。”

桑迪小心地把指甲伸进祥弟的眼睛，把那一小块脏东西掸掉了。

“噢……”祥弟呻吟。

“现在换另一只眼。”

祥弟睁开了另一只眼，脏东西好像自己跑掉了，他的眼睛红红的，眼睛里含着泪水。

“太好了，看起来你在哭啊，那现在就去挣第一笔钱吧。记住，师傅我在看着你哦。”

又变红灯了，这回祥弟决心证明自己能在街头生存下来。他先等头几辆车在红灯前完全停下来，然后眼睛扫着每辆出租车。祥弟看到一个丰满的女人，热得脸红扑扑的，桑迪的话又在祥弟耳边响起来，“胖大妈有钱。”祥弟祝自己好运，然后为了显得可爱一些，脸上绽开一个微笑，站在后视镜旁边。他刚想开口乞讨，发现出租车里还有别人，一个小男孩，可能比祥弟小一两岁，坐在那个女人身边。他看着祥弟说，“妈咪，有个乞丐。”祥弟的微笑僵住了，他没想到会碰上跟自己差不多大的男孩。更糟的是，那男孩一眼就看出来祥弟是个乞丐。祥弟可能是个孤儿，但他会读书写字——他只不过暂时讨点钱。当场被指作乞丐，像警察对小偷或者医生对病人那样，让祥弟低下了头。祥弟为自己又脏又破的背心感到难为情的时候，出租车里的小孩又突然说：“看看他多瘦啊。”祥弟还是不敢抬头，他想讨那个胖大妈的喜欢，像桑迪一样用嘴挣钱。祥弟想把肋骨往里推，但是知道没用。“来，给他点钱吧。”祥弟听到那个女人说。他知道该怎么办，就把手伸了过去，一个硬币扔在他手心里。他没看多少钱，还盯着自己的脚尖，发现右脚大拇指的指甲劈开了，肯定是刚才磕在马路牙子上弄的。祥弟攥着钱，转过身走开了。

第六章

傻瓜 The Fool

祥弟看着自己的肋骨，想象着肋骨像长牙一样在太阳底下闪着光。如果他是世上最大的傻瓜怎么办？他编造了根本不存在的魔力，而在这样的一个城市里，他只能听到痛苦的叫声，而不是欢乐的叫声。

人行道上，一个老头正在擦他那家修表店的玻璃柜台，他一边擦一边喃喃地自言自语。祥弟不知道他是不是在嘟囔他那些钟表显示的时间都不一样。几只苍蝇停在玻璃柜上，老头抡起抹布甩了过去。

祥弟看到了远处的摩天大楼。一座楼的二十层上面是什么样的？能从那儿看到孤儿院吗？这个地方的楼房只有四五层高，在这附近住的孩子们肯定没什么地方玩，他想，但是有个好处，他们可以在楼顶的天台上放风筝。

阳光曝晒着人行道，人行道上一片忙乱的景象。一个玩具摊上，橘红色和银色的玩具汽车排成一行，摊顶上挂着塑料袋装的娃娃，还有个给孩子玩的塑料板球拍，旁边有一支玩具枪。尽管祥弟知道那支玩具枪根本不能伤人，他也不喜欢。玩具摊主坐在一条凳子上，在给一只两个头的木偶上发条。他一松开发条钥匙，那两个头就疯狂地摇晃起来。就算人们走过他的摊位，没人买他的玩具，摊主还是自得其乐地玩着。

玩具摊旁边，一个人在给他的裁缝店门口装饰花环。祥弟在想那个花环是不是神庙外面那个老太太做的，他想他那些三角梅了，为什么没人用三角梅的花朵做花环呢？祥弟都离开那些三角梅一天多了，他已经感觉到三角梅的颜色在从他的印象里慢慢消失。也许他能找到一个花园，这样他就能给自己“充电”了。这么想着，他想起了兜里的三角梅花瓣，就把花瓣拿出来握在手心。

祥弟发现一个人在人行道上躺着，那人的衬衣敞着，上面沾满了泥，黑蚂蚁在他的脚趾头上爬来爬去。祥弟希望这些花瓣能像在孤儿院一样，把这里也变得更好，但情况并不是这样，可能是因为那些花瓣离开了树枝的缘故。祥弟把花瓣又放回了兜里。

过了一会儿，桑迪来了，拍了一下祥弟的背。

“他们都是要饭的，”桑迪说，“那些坐轿车的有钱人都是要饭的。才十六个卢比，我四个小时才要了这些，今天真不走运。”

祥弟却对桑迪要了这么多钱感到很惊讶。

“你呢？”桑迪问，“你要了多少？”

“四个卢比。”

“我觉得问题在你的脸上。你身上很瘦，但是你的脸看起来气色挺好，下回试着把自己搞得病怏怏的。好了，我们总共有二十个卢比了。”

“那我们现在能吃东西了？”

“没这么快，伙计。我们还不能吃饭呢。”

“为什么？”

“先给我看看你挣的钱。”

祥弟不喜欢桑迪那种不信任的样子，不过他还是从短裤兜里拿出了一把硬币给桑迪看，一共是四个五十派萨的硬币和两个一卢比的硬币。

桑迪从祥弟手里拿走了硬币，放进自己兜里。“好，一共二十块。”

“为什么你不相信我？”

“我相信你。”

“那为什么你还要看一看？”

“因为这些不是我们的钱。”

“什么？”

“这些钱归阿南德 ·拜依。”

“阿南德·拜依是谁？”

“阿南德·拜依是我们的老大，在这块儿乞讨的人都得把要来的钱交给他，然后他再把其中一部分钱给我们。”

“为什么我们要把钱给他？”

“看看我脸上。”

“啊？”

“看看——我知道你一见到我的时候就在想，我这道疤是怎么回事，我的右耳朵又为什么少了一块。”

“我……”

祥弟不敢看着桑迪的眼睛，就看着他的衬衣，衬衣上油腻腻的，污渍斑斑。

“我脸上那道疤就是阿南德·拜依干的，”桑迪说，“他管那叫签名，用刀子在我脸上划的。”

“他划伤的你？”

“我爸爸死后，我在一家伊朗菜馆打工，擦桌子扫地。一天晚上我正要回棚屋，一个人出来说他是我爸爸的朋友，他朝我走过来，然后突然狠狠抽了我一个耳光。我撒腿就跑，可是我太害怕了，忘了自己有小儿麻痹症，没法跑起来的。那个人轻而易举地就抓住我了，用一把刀划开了我的脸。然后他说，‘我是阿南德·拜依，你爸爸欠我的钱，所以你得给我干’。我又怕又气，就骂了他，然后他割掉了我一小块耳朵。现在你明白为什么这些钱不是我们的了吧？”

祥弟看着天空，明白自己全错了。一个庇护这种行为的老天决不会跟孤儿院的天空一样，这根本就不是他的世界了。

“我之前本来是老老实实干活的，”桑迪愤怒地说，“现在我成了毫无是处的乞丐。我现在去乞讨又太老了，祥弟，只有小孩子、麻风病人和残疾人才乞讨，不是像咱们这样的大孩子。别的跟咱们一样大的孩子要么卖报纸杂志，要么给人倒茶。”

“那为什么你不去做那些事呢？”

“像我这样脸上有道疤的，谁能雇我干活啊？就连你还老盯着我的脸看呢。”

“对不起，我……”

“好了，不管怎么样，我是没办法工作的，有时候我在想我只能一辈子当阿南德·拜依的眼线了。”

“眼线？”

“盯梢的。我在街上探听，然后告诉他点子。”

“点子？这又是什么啊？”

“在孟买这样的城市，消息就是一切。我在茶摊、珠宝店、出租车停车站，还有一切人们聊天的地方待着，看到什么有意思的事情，就会跟阿南德·拜依报告。以后你就明白了。”

桑迪把硬币在兜里摇得哗哗响，“我们还得再要点钱，”他说，“我们晚上再去要。”

祥弟想问桑迪，为什么他在孟买没有看到色彩、歌声、笑脸和彼此的关爱，但是他对自己说，他还没见识到多少孟买城呢，他肯定能找到和自己想象的城市配得上的东西。

“我们不能从里面拿一点钱来花吗？”他问桑迪。

“一个派萨都不行。无论如何我一天至少得给阿南德·拜依二十个卢比，他不缺钱，可是他要让我这样受苦，我就得一直当他的走狗。”

“但我总可以把我这份花了吧？阿南德·拜依都不知道有我。”

“今天晚上他就知道了。”

“怎么会？”

“‘帅哥’会告诉他的。”

“帅哥？”

“你见过一个没有腿的乞丐，眼睛上边有个洞，脖子后面有个大瘤子吗？”

“是啊……”

“那就是‘帅哥’。他在这一片乞讨，还负责跟阿南德·拜依报告新来的人，所以你已经登记在册了，伙计。”

桑迪又把两个兜翻了一遍，啧啧做声。他嘴里嘟囔着，祥弟断定他在咒骂，可是从没听过那样的骂人话。桑迪骂起来就像其中一个科伊巴男孩，但祥弟马上又纠正自己，桑迪的心地是好的。

下午很热，祥弟和桑迪两个人虽然挣到了钱，可手里还是空空的。祥弟的肚子又开始咕咕叫了，桑迪心不在焉地把手指头放到嘴边，好像夹着根比迪烟。

他们走过一排自行车，还有几家卖水管和洁具的商店。一家店外面，有个人在铁砧上打铁，再远一点有个修鞋匠，正蹲在地上，手支着下巴睡着了。

一会儿，祥弟就看到了他们那棵树，他们走得离那棵树近了点。祥弟觉得很难为情，艾玛和古蒂还得挨饿。他们又走远了些，到了一家乌迪比饭馆。饭馆柜台里的女人正在打电话，说的话祥弟听不懂，可他喜欢那种语言的调调。好像那个女人在责备谁，但她话音里并没真的生气，她的语气是玩笑式的，像是对一个拔掉她的自行车气门芯或是把她的满头小辫拴在一块的朋友那样。

祥弟在想世界上究竟有多少种语言，有一天他要创造自己的语言，这个想法让他很高兴。他要创造积极正面的语言，只能去安慰人，而不会伤害人，但他问自己世上的人们有没有勇气去说美丽的语言。他要创造一种语言，里面没有“不”这个字，那他去要饭的话就总会得到满足。

“你知道那个面包店的店主吗？”祥弟问。

“大胡佬？”

“他叫这名字？”

“我管他叫这个，因为他有一把大胡子。你怎么想起来问这个？”

“没准他能给咱们点面包？”

“哈！那个吝啬鬼，我爸爸死的时候他都啥也没给，他还是个打老婆的浑蛋。”

“你怎么知道？”

“他就住在店里，夜里我们总能听到打人的声音，还有他老婆的哭声。这种人怎么会给咱们面包？”

“要我去试试吗？”

“没用的。”

“试试又没坏处。”祥弟准备过马路到面包店，桑迪拦住了他。

“我们得试试，”祥弟说，“艾玛和你妹妹一定饿了。”

“我从来不往马路对面走。”

“为什么？”

“我爸爸死了以后，我们就再不往面包店附近去了，艾玛要我们发誓绝不到那边去，她说那儿是个不吉利的地方。我觉得她是担心我们会出事，可是看看吧，她倒疯了。”

“那你们为什么还在这儿住啊？”

“艾玛不想到别处去，她总是盯着马路看……我爸爸的血还在那儿，不知怎么的血就沾在路上弄不下去了。”

“我们得搞点吃的。”祥弟说。

“吃的不成问题，离那棵树不远有个叫戈帕拉的饭馆，我爸爸以前给那家店跑过腿，有时候店主就会给些中午的剩饭。吃的不成问题，我们没怎么挨过饿。”

“那？”

“问题是我们要生活，我们能找到吃的活下去，现在我们是不得不在这个鬼地方活着。”

桑迪说这些的时候，祥弟发现了那个他昨天在酒馆附近看到的老乞丐，老乞丐换了地方，可苍蝇又跟去了，还在他脸前嗡嗡作响。老乞丐闭着眼睛自言自语，连艾玛也这样，祥弟想，这个城市有太多人没法跟别人说话了。

祥弟的视线停在了面包房里的甜面包上，他看着面包房楼上的小屋和狭小的窗户，为大胡佬的老婆感到难过，她在那儿肯定跟掉进陷阱的小动物一样可怜。然后祥弟的目光又转到了大路上，尽管他看不到血迹，还是能察觉出那是桑迪的爸爸被汽车撞死的地方。他对自己说，声音不能粘在路上是件好事，如果汽车撞死桑迪爸爸的声音留在了路上，那该多痛苦，艾玛的尖叫声也一样，街上的人每天早晨都得听到那些声音了。

桑迪把他那件沾满油渍的衣服脱下来，用它擦着自己汗津津的身子，把夹肢窝也擦了擦，然后扔进棚子里。桑迪很壮实，他体形不太好，但他身上隐隐有肌肉突起来，好像那些肌肉有生命一样。桑迪坐在地上，把他那条麻痹的腿放在身前。

“把你的背心脱下来吧，”他对祥弟说，“太热了。”

“不，没事。”

“像个男人那样，脱下来。”

祥弟是想把背心脱下来，因为他实在热得不行了，可他的肋骨从身上那么突出来，又觉得挺难为情——就连出租车里那个小孩看到都吃了一惊，还给了他钱。

“不，这样就挺好。”他坚持。

“你想让汗顺着身子往下流吗？你上辈子是头猪还是怎么回事？把背心脱下来，快点，不然我就给你扒下来。”

祥弟一把就脱下了背心，速度快得自己都有点吃惊，还没人见过他光膀子，可现在他就当着所有人在人行道上把背心给脱了。

“哦，上帝，”桑迪叫道，“你比神庙的栏杆还要瘦！你肯定进得去，没问题的。”

“我跟你说过，我的肋骨……”

“好啦，我开玩笑呢，你太当真了。在这个城市你得当个哈蜡米。”

“什么是哈蜡米？”

“就是不要脸的浑蛋！看看我，我有小儿麻痹症，可我有没有要把腿藏起来？或者假装那是条会走路的棍子？”

“你怎么可能把腿藏起来呢？”

“这是另一回事，你真是一点想象力都没有。”

“我有，我有啊。”

“那你得证明给我看，让我知道你不是神经过敏，而且你有想象力。”

“如果我有，那我就要把我讨来的钱拿回来。”

“已经开始打赌了啊，学得还挺快。”

“好，现在我已经在光着膀子走路了，那说明我没有神经过敏。”

“这不算，你还得表演给我看。”

“什么样的表演？”

“看我的。”

桑迪往后看了看，有两个人在树的另一边走着，那是一个老头和一个年轻人，一边抽烟一边说着话，年轻人手捏着白衬衣的前襟给自己扇着风。

“看着点，”桑迪然后向那两个人喊道，“我给你们猜个谜语，猜出来的有奖！”

从老头嘴里喷出来的烟让祥弟觉得不舒服，他为天空感到难过，不仅仅是因为天空得吸进那么多烟，而且它还得看着一个只有乞丐没有鲜花的地方，更何况它还得听着大胡佬老婆的哭声。

老头看来心情不错，但那个年轻人可不觉得好玩。他清了清嗓子，吐出一口浓痰。

“我有几条腿？”桑迪问。

老头没说话，只是继续吐着烟。

“怎么，你觉得这太简单了吗？”桑迪嘲笑说。

“两条。”老头回答。

“错了！”桑迪嚷道，“我要问问你的朋友，我有几条腿？”

年轻人没吭声，他做了个手势要桑迪走开。

“看来他心情不好，他老婆跑了吗？还是他女朋友不喜欢他？”

“在我扇你耳光之前从这儿滚开。”年轻人狠狠地说。

“你要打一个不能走路的可怜小孩吗？你还是不是个男人啊？”

老头大笑起来，他的眼睛又小又绿。祥弟对自己说，老头肯定是从尼泊尔来的，就像孤儿院里的凯迟一样。

“好，大叔，我只跟你说，”桑迪又转过来对老头说，“这是我最后一次让你猜，我有几条腿？你回答之前，我给你个提示，我有一条腿不方便，那是哪条腿啊？”

桑迪像小丑一样走了几步。

“右腿。”老头说。

“对了。那另一条腿是哪条？”

“左腿。”

“那最管用的腿呢？藏着的那条腿？最重要的那条？你的朋友是不是那条腿不大管用，所以他心情不好？”

“王八蛋，从这儿滚开！”年轻人对祥弟吼。

“你中间那条腿不好用，你就管我叫王八蛋吗？不管怎么样，大叔，你没猜对，就没奖拿咯，现在你得给我点什么了。”

“我不会给你钱的。”老头说。

“钱？只有钱可给吗？爱呢，没有人献出爱心了吗？给我点爱怎么样？要是你不能给我爱心的话，就给我只烟，好吧？”

老头伸进灰衬衣兜里，掏出一支烟扔给了桑迪。桑迪没接住，烟掉到了地上，他捡起来朝着祥弟转过身。

“你需要做的就是要支烟，”他悄悄地说，“看到了吧？就这么干，现在该你了。”

祥弟没吭声。

“你在想什么呢？”桑迪问。

“我……答案是什么？”

“啊？”

“藏着的那条腿到底是什么啊？”

“哦，你这白痴。傻里傻气地在孤儿院待了一辈子，真可怜。你会读书写字却没人跟你讲藏着的那条腿，我跟你待在一个天底下真是丢人。不过别急，今天晚上你就会发现你那第三条腿，这会是多么神奇的一个晚上啊，奇迹啊！你的手肯定离不开你那条腿了。不过你首先得完成你那部分交易，给我表演点什么，我抽烟的时候给我点乐子，让我感觉像个国王一样。快点来吧。”

“我给你讲个故事吧。”祥弟说。

“我才不要听故事！”

“我的故事。”

“那肯定是个没劲的，一本正经的故事。别讲了，坐在我身边。”

桑迪已经把烟叼在嘴里了，在找他那盒火柴。

开始祥弟在想是不是讲个《仙达玛玛》里的故事，但是接着他决定自己编个故事，因为桑迪说他没有想象力，这伤害了他的自尊心。想象力是个私人的事情，不过也许现在是时候和朋友分享了。祥弟准备讲他自己的故事，不过准备增删一些次要情节，来增加吸引力。

“这是我的故事，”祥弟开始讲，“这个故事名叫‘肋骨变成尖牙离开身体的男孩’。”

桑迪惊得差点把火柴给掉了。

祥弟接着说："你抽完烟的时候，这个故事就讲完了，如果你喜欢的话，就得把我挣来的钱还给我。"

"说定了，你这个可怜的傻瓜，连第三条腿都不知道。"

"从前有个男孩非常瘦，他吃饭的时候，光他的想象力就把吃的都消化了，因为他的头脑就是最强壮的肌肉，他思考的事情没有人敢去想。"

"比方说？"

"你要是再打断我的话，我就把你的那条坏腿变成结实的鞭子，抽你一百下。"

"好啊！"桑迪叫道，"我喜欢你这样！"

"那个男孩虽然很穷，又是个孤儿，但他仍然有很多梦想。他梦想中的孟买十分美丽，人们互相帮助，不打架也不偷东西。每次他看到路上发生了什么可怕的事，有人在做坏事的时候，他的肋骨就会再凸出一些。起初男孩并不明白这是怎么回事，为什么我的肋骨会凸出来？他问自己。可是有一天他的肋骨跟他说话了，肋骨说，我们不是肋骨，而是尖牙，我们要改变世界。男孩让他的肋骨不要说话了，万一有人发现他的肋骨在说话怎么办？可是不像人们有能力控制自己不做坏事那样，男孩没办法控制自己的肋骨。一天当男孩在路上走的时候，他看到一个有小儿麻痹症的男孩，而且那个男孩好像脑子也有点问题，他在抽烟，不过他心地是好的。这时一个可怕的人，他叫阿南德·拜依，走到那个残疾男孩跟前，拿出一把刀来说，‘你挣的钱都归我’，那个勇敢的残疾男孩试图反抗，他拖着一条残疾的腿像猛虎一样战斗，可还是阿南德·拜依占了上风。这时长着古怪肋骨的那个男孩突然发现他的肋骨开始从身体里穿了出来，它们变得像象牙一样锋利，从男孩的胸口刺了出来，可男孩却不觉得疼。一根肋骨飞了出去，扎进阿南德·拜依的背上，对他说：放过那个残疾男孩，他是长牙的朋友。阿南德·拜依立刻像疯子一样跑开了，背上还扎着根长牙。那之后，所有的坏人都被长牙追赶着，比方说那个面包店老板大胡佬，一根长牙朝着他飞了过去，直接破窗而入，对他说，把面包分给乞丐，不然下回我就插进你的喉咙里去。这种情况一直继续，直到那些坏人意识到了自己的错误，然后所有的长牙又回到了那个男孩的身体里，它们对人们的改变很满意。”

桑迪的烟几乎就那么一直烧下去，都没顾得上吸一口。他张着嘴看着祥弟，祥弟却没吭声，他深吸了一口气，希望这样的事情真的能发生，他的肋骨能变成武器保护好人。

“你的烟抽完了。”祥弟过了好一会儿才说。

“我……什么？”桑迪看着他的烟，“不，还没抽完。”

“我要拿回我的钱。”

“你到底是怎么编出这么个故事的？”

“头脑什么都能做。”

“你赢了，如果你在晚上讲这个故事，那就更可怕了，我会觉得好像有根长牙就在头上悬着一样。”

“那把钱给我。”

“不行，你这个要饭的，这儿的规矩是，无论如何，我们每个人都得给阿南德·拜依至少二十卢比。”

“那我没挣那么多怎么办？”

“你第一天来嘛，应该没事的。”

祥弟怀疑阿南德·拜依是不是桑迪编出来的人物，但是桑迪对他挺好的，桑迪可能是想偷东西，但他不会撒谎，而撒谎比偷东西更糟糕。

祥弟看着自己的肋骨，还有包着肋骨的皮肤，想象着肋骨像长牙一样在太阳底下闪着光。如果他是世上最大的傻瓜怎么办？他编造了根本不存在的魔力，而在这样的一个城市里，他只能听到痛苦的叫声，而不是欢乐的叫声。

在他能够回答自己的问题之前，艾玛从被烧掉的房子的瓦砾堆后面朝他们走了过来，手里抱着孩子。古蒂跟在艾玛后面，一只手里拿着一个棕色小纸袋，从袋子上的油迹祥弟猜到里面是吃的东西；另一只手拿着祥弟那天晚上见过的那个木盒，盒子上写着“Om”的字样。

“你们搞到什么了没？”古蒂问。

“一共二十卢比。”桑迪说。

“我挣了十五卢比，”古蒂说，“我卖了一个拉克斯米神像，还有一个哈奴曼神像。”

古蒂把棕色纸袋和木盒放在地上。她打开木盒的时候，祥弟一下子被那些艳丽的色彩吸引住了，他简直不敢相信自己的眼睛，就好像又回到了孤儿院，看到那些三角梅的感觉一样。盒子里装着黏土捏的小神像，彩绘着黄色、粉色、红色、蓝色、绿色、橙色和紫色。有个神猴哈奴曼的塑像，拿着他那根法力无边的神杖；湿婆神身上缠着眼镜蛇，甘尼夏神长着大象耳朵，克利须那神拿着根神笛。这些是祥弟认识的神，他不知道为什么里面没有耶稣像。

“这些是你做的吗？”他问古蒂。

“不是，”古蒂说，“有个老太太做的，我帮她卖，卖了钱她给我一半。”

“那你不乞讨咯？”

“不，我有活干。”

“桑迪，你怎么不去干活呢？”祥弟问。

“我都告诉过你了，阿南德·拜依不许我干活，要去干活必须经他允许才行。而且我也确实有活干，我是他的眼线。”

艾玛进了棚子坐下，把孩子放在地上。

“纸袋里是什么？”桑迪问。

“馅饼。”古蒂说。

“啊！”

“有个女人给的，我已经吃过了。”

“这里面的馅饼够吃吗？”

“一人一片，艾玛还没吃呢。我觉得这孩子可能活不长了。”

古蒂那种理所当然的神情震惊了祥弟，他觉得自己吃不下东西了。

“你为什么这么说呢？”桑迪问。

“他的嘴唇苍白得像鬼一样，就连艾玛的嘴唇也那样。”

“我们快吃东西吧。”桑迪说。

祥弟把他那件白背心拿起来穿上，桑迪没说话，从古蒂手里把吃的拿过来看了看，然后他回过头去看着艾玛，艾玛也盯着他，好像他不是自己的儿子，而是座石头雕像。古蒂在燥热的人行道上躺了下来，闭上眼睛，太阳晒着她的脸，她皱起了眉头。

桑迪给了祥弟点吃的，祥弟已经没胃口了，不过他还是接过了馅饼。被一片面包夹着的土豆还热乎着，还有绿色的酸辣酱和一大勺红辣马沙拉。

桑迪很快把整个馅饼都塞进嘴里吞了下去，然后他从纸袋了又拿出一个馅饼，把纸袋揉成一团扔了出去。桑迪把那个馅饼放到艾玛嘴边，可艾玛没有张嘴，她慢慢举起双手接着馅饼，好像是在接受施舍。桑迪把馅饼放到她手心里，艾玛却把馅饼扔到地上，在土里蹭了蹭才放到嘴边。

第七章

聚会 *Meeting*

"你会好的"，她说，"你刚开始在街头生活，就会在几天之内见到一切，在这几天的功夫里面，你就能见识到大多数大人一辈子见过的东西。"

夜晚到来的时候，桑迪数了数一天要来的钱，祥弟和他整个傍晚都在乞讨。桑迪一共讨了二十五卢比，祥弟只讨了七卢比，他们还是不能用那些钱买东西，得把钱都给阿南德·拜依，阿南德把自己要的钱拿走，再把剩下的给他们。更重要的是，要把祥弟介绍给阿南德·拜依，因为如果阿南德·拜依发现有新来的人没经他允许就在他的地盘上乞讨，他没准会把那人的手指头或者脚趾头割下来。

祥弟看着桑迪走到那个废楼那儿去方便，现在他和古蒂待在一起了，可古蒂根本就不往他那边看。他想问古蒂艾玛去哪儿了，又决定还是不问了。他在想如果艾玛是他妈妈的话，他会怎么办，他决不会扔下她不管，无论她是不是精神不正常。

祥弟闻了一下系在脖子上的白布，上面都是他自己的味道，盖过了原来他爸爸的感觉，他不明白这么一小块布当初是怎么裹住他的身体的。

“别玩你那头巾了，”古蒂说，“你为什么大热天还在脖子上系着这么可笑的头巾啊？”她手里拿着个马口铁罐正往里面看，里面很可能有点钱。“礼拜会是在明天。”古蒂说，她最后还是往祥弟这边看了看。

“明天？”

“那之前就别吃东西了。”

“为什么？”

“别长肉，你得瘦得能钻过栏杆才行。”

“我不去偷东西，我压根就没答应过要去劫庙里的钱。”

“那你还待在这儿干吗，出去。”

祥弟被古蒂那刺耳的话伤到了，他对古蒂想当然地要他去偷东西感到很生气。可又为什么他还是和桑迪跟古蒂待在一起呢？他该离开，他真正要做的是找他爸爸。祥弟发现脖子上的那块布已经被汗湿透了，如果一阵风吹过来，把那块布从他脖子上吹到天上去，飞过烟囱和高楼大厦，飘啊飘，这样他跑步的速度就用得上了，他就跟着那块布使劲跑。然后那块布落下来飘到他爸爸脚边，他也跑到爸爸身边去。

风并没有吹过来，祥弟倒听见古蒂说：“我下午看到你的肋骨了，这会让你卡在栏杆上的，你得学着把肋骨往身子里按一按。”

“我不想这样。”

“照我说的做，你会高兴的，”古蒂用命令的口气说，“把你的胃往上吸，上身往里挤，尽量多憋会儿气。现在就开始练，直到你从庙里拿着钱出来。”

祥弟看着古蒂，这个小女孩穿着件不合身的棕色裙子，手腕上戴着橘红色的镯子，褐色的眼睛下面还有黑眼圈。祥弟注意到太阳把古蒂的头发晒得卷了起来，挡住了她的右眼，而且虽然是在晚上，跟周围的环境比起来，古蒂还是很显眼。祥弟对自己说，这是自然的，因为古蒂周围是一座废楼，还有几家灯光昏暗的小店。可即便古蒂站在森林中间，她还是会很显眼，就像一只小母老虎在风中，在草丛里，在摇摆的大树中间。

“你在看什么呢？”她问。

“我……没什么。我在听你说话。”

“我都不说了你还在听？”

桑迪及时地出现了，眉毛湿湿的。祥弟想，这说明他一定洗脸了，没准桑迪跟自己用的还是同一个水龙头呢。

“准备好了吗？”桑迪问。

“准备什么？”祥弟问。

“我们去见阿南德·拜依。”

“我们？”

“你是新来的，你得去见他。如果你不去的话，你身上就会莫名其妙地少些什么。”

“事实上他已经少得可怜。”古蒂嘟囔着。

“啊，你们已经成朋友了，”桑迪说，“古蒂，你知道他会读书写字吗？”

古蒂睁大了眼睛，但什么也没说。她把那个马口铁罐藏在了之前放着的一个地洞里，又在上面压了块大石头。“我们走吧。”她说。

“她也要去吗？”祥弟小声对桑迪说，“这会不会有危险？”

“你们偷偷说什么呢？”古蒂问。

“他说你多像个天使。”桑迪说。

“尤其是在说话的时候。”祥弟说，声音刚刚能被古蒂听见。

“如果你不喜欢听我说话，就把耳朵堵上，”古蒂说，“还有个更好的办法，让阿南德·拜依割了算了。”

“她不是那个意思，”桑迪说，“她爱上你了，就这样。她下午看见你的肋骨以后，就激动得开始说情话。”

“安静点，”祥弟对桑迪说，“咱们散步的时候你能不能少说几句？”

“散步？”古蒂说，“你觉得我们是在散步？哦，我们一路散着步到阿南德·拜依的院子里去，在路上还能看到漂亮的花……”

“古蒂，他还不熟悉这儿呢。”桑迪说，“现在我们安静点儿吧，不然我们这位小贼该生气地投奔光明去了。”

记住，做贼一次，做贼一辈子——祥弟真希望萨迪克夫人的话别总在他耳边响起。

三个人从那座废楼边上走过，来到了一面灰墙跟前，墙上有个洞，足够他们从里面钻过去。洞那边是个小操场，他们穿过操场的时候，祥弟看到碎石铺成的地面上有三个洞，他想也许操场上还钉过板球柱。对于板球的想象让祥弟兴奋起来，他知道如何成为一个很好的击球手，他长得还不够高，而且要拿起沉重的板球拍把球击出球场，他的力量也不够，但他跑得很快。他会成为世界上最好的外野手。如果对方的击球手把球往界外打，祥弟就会飞跑着扑过去，他会用尽一切必要的手段去截球，然后用能使整个体育场沸腾的力量把球回扔给接球手。祥弟耳边响着掌声，走过了学校操场。

三个人又走到了一面墙跟前，那是学校的外墙。这回墙上没洞了，而是有个小铁门，旁边卧着一条流浪狗呼呼地睡得正香，嘴里流出口水来，树叶落到它身上。他们走过去的时候，那条狗睁开了一只眼，然后闭上继续睡。古蒂弯下腰，摸着狗的肚子说："我的莫提不舒服了。"祥弟看到古蒂凑过去，好像在跟狗说话，但他听不到说了些什么。古蒂把树叶从狗身上拂下去，把手放在狗的头上，闭上眼睛待了几秒钟，然后穿过那扇铁门到了一个院子里。

在黑暗中，祥弟看到院子里坐落着一间一间的小屋子，屋子的窗户上映出几个人影，正在往院子里看。院子里比迪烟味很重，还有婴儿啼哭的声音，远远的角落里，木桩上拴着一只山羊。这个地方太安静了，让祥弟觉得别扭。

"就是这儿吗？"祥弟问。

"对。"桑迪说。

“阿南德·拜依在哪儿啊？”

“在地下，”古蒂小声说，“地面会裂开，他会像一阵旋风似的出来。”

“别傻了，阿南德·拜依会听到的，”桑迪说，“祥弟，你看到那只山羊了吗？”

“是啊。”祥弟回答。

“那就是阿南德·拜依。”

兄妹俩使劲忍着笑，一个老头蹒跚着从他们身边走过，抽着根比迪烟。他指着桑迪想说什么，突然咳嗽起来，他捂着胸口，又拿稳烟，不让烟掉下来。老头不咳嗽了，往他们的方向吐了口痰，朝着山羊走过去，坐在山羊旁边的地上。

“那个老头恨我爸爸。”桑迪说。

“为什么？”祥弟问。

“因为那老头想碰我们的艾玛，你知道艾玛以前还是很漂亮的。”

要让祥弟想象艾玛的漂亮还是有点困难，他现在对于艾玛的印象只有她的头皮。

“我爸爸不喜欢别人盯着艾玛看，”桑迪接着说，“所以这个老头想碰艾玛的时候，我爸爸把他打了个半死。我总有一天也要这样对付阿南德·拜依。”

“不，不会的，”古蒂说，“我们不会再待在孟买了。”

“我会回来找他的。”桑迪突然说。

三个人静静地站着，祥弟看着老头在吸比迪烟，烟头上的火光越来越亮。

“现在说话小心点，”桑迪提醒，“阿南德·拜依随时会出现。”

“看，乔都和穆那。”古蒂说。

两个男孩走了过来，手里拿着东西，不过祥弟看不清楚是什么。他们看起来不像乞丐，穿着衬衣和牛仔裤，脚上穿着塑料凉鞋。

“他们是谁啊？”祥弟问，他看到他们衣服那么干净，有点儿羡慕。

“胖一点的那个是穆那，他在卖报纸。”桑迪回答，“瘦一点的乔都是个瞎子，他在卖电影杂志，不过他们都是惯偷。我们晚上都在这儿集合，这儿马上就都是人了。”

他说得没错，很快又来了四个男孩。祥弟从来没见过这么多残疾人，在一个地方看到这么多残疾人让他难以接受，于是他转过身，不去看那些年纪比他小得多的男孩，其中有一个男孩少了条胳膊，另一个男孩鼻子没了。

“帅哥”也出现了，祥弟试着不去想象苍蝇叮在他眼睛上面那个洞里的样子。

没有风，孩子的哭声平息了，从拴着山羊的角落那边过来了一个没有腿的男孩，他手上套着拖鞋，坐在一个木车上，手腕上还系着根绳子。一个女孩，看上去比他大两三岁，拽着绳子，拉着他往前走，而那个男孩不时用手撑一下地，给自己一点助力。

“那个男孩的名字叫‘头奖’。”桑迪悄悄地说。

“头奖？”祥弟还是第一次听说这个名字。

“就是他很走运，他才四岁，所以外国人很愿意给他钱。他在科拉巴区乞讨，那是个富人区。阿南德·拜依很喜欢他，让他去乞讨的时候坐出租车来回。”

祥弟看着“头奖”，他是怎么没了腿的？说一个没腿的人幸运也真是残忍，连“帅哥”也有个跟他自己的形象不相称的名字。祥弟决定卡洪莎里不会有残疾的情况出现，他紧握拳头，仿佛他梦中的城市就握在掌中。

一会儿人们就聚成了一堆，祥弟看着装着假眼的乔都，他对每个人都是把一只耳朵侧过去，就连桑迪也是那么站着，好像他的耳朵也不好使似的。

坐在山羊边上的那个老头现在朝他们走了过来，这回他手里拿着个竹篮子，他把篮子往地上一放就走开了。有人往篮子里放了双女式拖鞋，看起来还挺新。一块男式手表也扔了进去，接着是一串钥匙，然后是一条崭新的男式内裤。“这是谁搞到的？”有人问。然后有人接话：“你爸的，他变太监以后就用不着这个了。”大伙都笑了，有人往篮子里扔了一只鼓鼓的钱包。

祥弟发现有间小屋外面投射的光线底下，出现了一个男人的轮廓。他站在那边，两只手举过头顶，撑着低矮的屋顶，伸了个懒腰。他从那间屋子的月台上下来，朝他们走过去，一边系着白衬衣的扣子，一边拢了拢头发。他走过来的时候，祥弟注意到他的眼睛虽然是黑亮的，但看起来通红，底下还有黑眼圈。

桑迪用胳膊肘捅了祥弟一下，这个人肯定就是阿南德·拜依。

阿南德·拜依低下头往竹篮里看了看，摸着黑胡子。他的脖子上和脸上都在冒着一滴滴的汗珠，他把乱蓬蓬的头发从额头上拢到后面去。

“谁搞到的钱包？”他问。

瞎眼男孩举起了手。

“乔都，告诉我们你怎么搞到的，没准别的王八蛋还能学着点。”阿南德·拜依说。

“我捡到的，就这样。”

“啊？”

“它就在地上，我到卡利得音像店背后去拉屎，踩在上面了，肯定是有人丢的。”

“我还以为这是多年来训练的结果，你跟卡车司机一样瞎，倒捡了个钱包。”阿南德·拜依大笑，其他人也笑起来，但是祥弟发现人们还是很小心，好像一有风吹草动就会马上停下来。

“钥匙，谁搞的钥匙？”阿南德·拜依接着说。

“那是小轿车的钥匙。”穆那说。

祥弟想，穆那是卖报纸的那个，瞎眼睛的那个是乔都，他卖电影杂志。祥弟突然意识到他是在记这些人的名字和工作，就马上停了下来。

“这些是一辆白色 II8 NE 车的钥匙，”穆那眉飞色舞地说，“停在莫汗纱丽店外面，老莫汗锁了车门和店门以后，我从他兜里拿的，他就住在店的楼上，所以车就停在店门口。我故意把报纸扔在他脚上，他一生气就开始嚷嚷，他生气的时候偷起来就很容易了。不管怎么样，现在可以去把那辆车开过来了，莫汗得等到明天早晨才会发现。”

“穆那，很好，”阿南德·拜依又说，“那是哪个白痴搞到的男式内裤？”

“也是我，”穆那说，“等你拿了莫汗的车，他就会穷得一无所有，那时候我们就把这条内裤给他取个乐。”

“下回别去偷内裤了。”

“是，阿南德·拜依。”

“哈，女式拖鞋，我要把这个给拉妮。穆那，去拿着给拉妮，她就在我的房间。悄悄地过去，她正光着身子在床上躺着呢。先把你想看的看个够再敲门，你给我搞了辆车，这是给你的奖励。”

“谢谢你，阿南德·拜依。”

“我都想去了。”乔都说。

“可你眼睛瞎了啊。”

“我会闻的。”

“哈，你这条狗！下回吧。”

“可我捡了个钱包。”

“我说了，下回。”

“好吧，阿南德·拜依。”

穆那摇摇晃晃地走了。祥弟问自己，那样笨拙的一个人怎么会是个惯偷？

“跑起来！”阿南德·拜依嚷道，“在她穿上衣服前跑过去！”穆那立即开始跑，阿南德·拜依摸摸自己的胡子：“这么小的年纪就追婊子，真糟糕。”

正在阿南德·拜依准备把注意力转回到其他人身上的时候，从穆那的衬衣里有什么东西掉了出来。穆那没看地上的东西，他直接看着阿南德·拜依。

“那是什么？”阿南德·拜依问。

穆那一动不动地站在那儿，他没说话，四周只能听到山羊的咩咩声。祥弟试着去分辨到底是什么掉到了地上，但是也弄不清楚。从阿南德·拜依房间里透出来的光离它还有几尺远。

“我在问你那是什么。”阿南德·拜依强调。

“没什么，我只是……”

“拿过来。”

穆那把那东西捡起来，送给阿南德·拜依。“这是把刀。”他递给阿南德·拜依的时候自豪地说。他现在说话的神情要随便多了。

刀插在类似皮鞘的东西里，阿南德·拜依把它抽了出来。“挺大的嘛。”他说。

“屠夫用的。”

“偷来的？”

“对，那个屠夫去楼里送肉，把车放在楼下，我就在他的包里找到的。这刀确实很大，我就拿走了。”

“那你就拿着走了，哈？”

“对，拿把刀还是不错的。”

“那你什么时候打算交给我呢？”

“我先留着，准备把它当作生日礼物送给你。”

阿南德·拜依狠狠抽了穆那一个耳光，穆那被打得转过身去，不过并没有倒在地上。阿南德·拜依很平静，他没看穆那，只是用指尖试着那把刀的刀锋。

“我告诉过你们好多次了，不许带武器。如果警察看到了，我们就得给他钱，我告诉你们这帮王八蛋好多次了。”

“谁在乎警察啊？”穆那说。

阿南德·拜依突然手起刀落，朝穆那的右眼划了下去，血立即喷射出来，“啊”，穆那发出了一声低低的刺耳的惨叫，和山羊的咩咩声混在了一起。穆那手里的那双拖鞋掉到了地上。穆那弯下腰捂住眼睛，疼得说不出话来。没人敢朝他那儿看，乔都的牙直打战，他眼睛虽然瞎了，却好像意识到发生了一件可怕的事情。

“把他送到达兹那儿去。”阿南德·拜依朝着人们说，但没特别指派谁去。

他用自己的白衬衣把刀上的血擦干净。乔都领着穆那走了，去到左边的那间屋子前，一个小伙子打开门，他看到穆那之后，又看着阿南德·拜依。

“那温，让达兹照顾一下他。”阿南德·拜依说。

“这是怎么了？”那温问，他很瘦，揉着眼睛，像刚睡醒的样子。

“穆那把自己当成个人物了，兄弟，照顾一下他。”

祥弟在想那是不是阿南德·拜依的亲兄弟，或者仅仅是一种称呼。小伙子长得一点都不像阿南德·拜依，他的脸刮得很干净，人长得很瘦。

“好的，阿南德。”那温说。

他们肯定是亲兄弟，祥弟想，还没人直接称呼阿南德·拜依的名字。那温让穆那和乔都进了屋子，然后关上了门。

“我有点重要的事情要告诉你们大家，”阿南德·拜依说，“昨天晚上城里出事了。谁知道拉德哈拜在哪儿啊？”

没人说话。

“拉德哈拜在约格什瓦里，”阿南德·拜依接着说，“一个印度教家庭一家六口人在家里睡觉，有人说是一家九口，我们目前不能确定，不过这家人有两个小孩还有一个残疾女孩。有人把他家门从外面闩住，从窗户往里面扔了一个燃烧瓶，这家人就给活活烧死了，有人说只有那个残疾女孩活了下来。”

阿南德·拜依舔了舔嘴唇，又舔着牙齿缝，好像有什么东西卡在里面一样。

“你们知道这是谁干的吗？”他问。

在阿南德·拜依提问之后的一片寂静中，祥弟想起了萨迪克夫人。也许她是对的，孟买已经变得癫狂，人们在用恐怖的方式彼此伤害。

“我给你们一个提示，”阿南德·拜依说，“着火的时候，那家人的邻居听到了‘真主至大’的吼叫声。现在我再问你们一次：这是谁干的？”

“穆斯林。”有人回答。

“对，穆斯林。”阿南德·拜依说。

“为什么他们要烧死那家人？”无腿男孩“头奖”问。祥弟听到“头奖”的声音还有点诧异，这确实是孩子的声音。“头奖”把手举到脸跟前，然后意识到手上还套着拖鞋，于是又放下手，把拖鞋拿下去，再去抠鼻子。

“他们烧死那家人是因为巴布里清真寺事件。”阿南德·拜依回答。

这个名字祥弟很耳熟，印度教徒捣毁了阿约提亚的巴布里清真寺，那是个很远的地方，萨迪克夫人讲过，现在孟买的印度教徒和穆斯林因为那件事开始彼此伤害。那之后过了几天，拉曼扫厕所的时候，祥弟问他为什么印度教徒捣毁了清真寺，拉曼解释说阿约提亚是拉玛王的出生地，几百年前曾经有一座神庙纪念他。而后来一位莫卧儿王朝的统治者巴布尔把那座神庙拆毁了，在原址上建了巴布里清真寺。现在印度教徒想重建拉玛神庙，就把清真寺捣毁了。那时候，祥弟还把拉曼说的当做酒话没放在心上。

祥弟在想这些的时候，阿南德·拜依从白衬衣兜里拿出一包金牌香烟，取出一支烟叼在嘴里。他轻轻地含着香烟，祥弟觉得那支烟随时都可能掉在地上，阿南德·拜依然后用金色的打火机点上烟，嘴里含着烟开始说话。

“穆斯林的报复决不应该发生，记住我的话，拉德哈拜的火光将燃遍孟买，”他说道，“上面下命令了，还会有更多的骚乱发生，杀人，强奸。”

祥弟听到阿南德·拜依说到杀人的时候，往后退了一步。桑迪抓住祥弟的肩膀，祥弟明白他得安静待着，不能再动了。

“我组织了一群人，”阿南德·拜依说，“你们这些男孩子也要参加，这是个很好的锻炼。准备好去调戏穆斯林女孩吧，还要去抢商店，别怕，警察站在我们这边。”

祥弟觉得很不舒服，他并没有完全明白阿南德·拜依刚才说的话，但是他听明白了“杀人”两个字。

“现在你们赶快把讨来的钱给我，”阿南德·拜依说，“我今天晚上就要去把莫汗的车偷来，但愿车况还不错，我能赶快出手。‘头奖’，你想买辆车吗？”

大家笑起来，很快他们开始排队。

“帅哥”一点点挪着过走，他那小木车上的滚珠轮子没法自己上台阶，阿南德·拜依就看了看坐在山羊旁边的那个老头。老头刚点起一支比迪烟，马上扔了，端起他一直坐在上面的铁盒子，走到阿南德·拜依跟前，把铁盒子放在台阶上。

“帅哥”说了他挣的数，阿南德·拜依给了他一份，其他的钱放进了盒子。“帅哥”使劲用两只手挠着头，好像已经几个星期没洗一样。

轮到“头奖”的时候，阿南德·拜依揉了一下他的头发。祥弟想，“头奖”比孤儿院的普什帕还要小，可他知道那么多。祥弟看着阿南德·拜依充血的眼睛和胸口上的汗迹，虽然他们在室外待着，比迪烟味还是很重，也许是因为没有风，空气不新鲜而且散不开。

“帅哥”把阿南德·拜依的注意力引到了祥弟身上。

“你是谁？”阿南德·拜依问祥弟。

“他是新来的，”桑迪说，“我们把他带来见您。”

“我在问这孩子。”

“我叫祥弟。”

“祥弟？这是个什么名字？”

祥弟知道他得回答得简短点，一点不恭敬的表示都会让他血溅当场。

“我爸爸给我取的。”

“你爸爸呢？”

“死了。”

祥弟对自己回答得这么斩钉截铁感到吃惊，但他绝不能说出自己是要去找爸爸。

“桑迪跟你讲过规矩了吧？”

“对。”

“跟我说说。”

“我们挣的都归你。”

“很好。”

“然后你再把觉得合适的那份给我们。”

“唔，你看到穆那的下场了吧，他不守规矩，藏了把刀，他还对我不恭敬。你先去乞讨吧，把地盘熟悉熟悉，然后慢慢开始学着偷东西，学会了再去偷。”

“是。”

“是什么？”

“是，阿南德·拜依。”

“好。”

“今天是你头一天来，我心情还不错，你就把挣的钱拿着吧。”

祥弟听了很高兴，但他马上改了过来，他觉得自己挣钱的方式可不怎么样。

阿南德·拜依转过身去问桑迪：“我们的眼线怎么样啊？发现什么有意思的事了吗？”

“有，”桑迪说，“拉明顿路上有个珠宝店，每个星期一下午三点钟，有一个年轻妇女去买珠宝，她看起来好像刚结婚。只有个司机和她一起去，那个司机也不太壮，我盯了一个月，她每个星期一都去，没有例外。”

“唔，我们做点安排。”

桑迪告诉阿南德·拜依他挣了多少钱，他拿出自己的那份，把剩下的放到铁盒里。

然后阿南德·拜依问古蒂：“你今天卖出去什么了吗？”

“一个拉克斯米神像，一个哈奴曼神像，还有一个甘尼夏神像。”古蒂回答说。

突然从他们左边的屋子里传来了哀号声，一缕光线从开着的窗户里透出来，是火光，也许是油灯的光。

阿南德·拜依啧啧了两声，“一定是达兹在给穆那缝针呢”，他对古蒂说，“你这会儿还不能进那间屋子，不过老太太又给你做了些神像，明天早晨去找她吧。”

“是，阿南德·拜依。”

“别担心，穆那很结实。”

阿南德·拜依自言自语地说，好像他后悔砍了穆那一刀。他们站在那儿一声不吭，听着里面传来更大的哀号声。祥弟看着那间屋子，他看到墙上的阴影，轮廓很模糊，他现在明白了那个人为什么叫达兹，他是阿南德·拜依的裁缝，在给他做些缝针的活。乔都扶着穆那的时候，达兹肯定是拿着针线在穆那脸上缝着，他在想达兹究竟是不是个医生，希望穆那能有些药减轻痛苦。

“我去看看穆那怎么样了，”阿南德·拜依说，“你们都回去吧。”他转过身对桑迪说：“顺路去给达巴喂点吃的，这儿有点钱，给他买点羊腩，从昨天到现在还没人去看过他呢。再告诉他我晚点儿去找他，他最好有点消息告诉我。”

阿南德·拜依正要进达兹的房间，一辆白色小轿车开进了院子里。司机让发动机开着，大灯照亮了院子，祥弟把院子里的东西看得一清二楚。轿车后门开了，一个男孩走了出来，祥弟很高兴地发现这回的男孩不是残疾人了。事实上，这个男孩看起来很干净，就像浑身上下刷洗过，他穿的蓝T恤和白短裤就跟崭新的一样。他跟祥弟一样大，长得很清秀，头发遮住了眼睛，祥弟想，他很容易被认作女孩。

阿南德·拜依从达兹屋里出来，走到司机的车窗边上，窗子是带颜色的，一只手把一个小包扔到阿南德·拜依手里，然后关上了车窗。阿南德·拜依把小包深深地塞进黑裤子的兜里，看着轿车掉头驶出去。

男孩在那儿站了一会儿，然后朝阿南德·拜依走过去。男孩过去的时候看了祥弟一眼，可能是因为发现了新人。祥弟跟男孩笑了笑，但是男孩没反应，他只是无动于衷地穿过院子，好像没别的地方可去一样。然后男孩突然倒在了地上，祥弟跑过去帮他，他弯下腰的时候，看到男孩的白短裤上有一块暗红的血迹，还有一滴滴的血从大腿上流下来。祥弟一直盯着血迹看，他不知道为什么男孩在流血。阿南德·拜依蹲下来，轻轻地拍了拍男孩的脸。他盯着祥弟的脸看了看，笑了，祥弟移开了眼神。阿南德·拜依抱起男孩，朝自己的屋子走去。

桑迪领着祥弟从院落里走了出去，这一回他们三个换了条线路。祥弟跟在兄妹俩后面，没怎么注意周围的环境。他在使劲想忘了那个男孩，尽管他已经看到了那么多残疾人，那个男孩还是有什么地方让他不舒服。他不明白为什么阿南德·拜依朝他笑，而这又为什么让他毛骨悚然。

“那个男孩是谁？”祥弟过了一会儿问。

古蒂从地上捡起一根树枝，朝一面墙扔过去，那面墙围着一座楼房，墙上画着利生牌香皂的广告。

“那个男孩是谁？”祥弟又问，“他身上还有血……”

“那是基罗那。”桑迪回答。

这些人的名字真怪，祥弟想，“帅哥”和“头奖”的名字跟他们本人一点都对不上，现在这个男孩又起了个玩具名。

“他为什么叫基罗那？”祥弟问。

“嘿，你是不是什么都非要知道啊？”古蒂气冲冲地说。

“我只不过……”

“应该让他知道，”桑迪说，“就告诉他吧，那个男孩叫基罗那，是因为他是大人的玩物，那些人用下流的手段伤害他。你看到的血迹是因为……”

“桑迪……”古蒂打断了他的话。

“不管怎么说吧，他属于阿南德·拜依。他看起来挺清秀，其实很脏，他是……”

“够了。”古蒂说。

桑迪脸上有一种恶心的表情，祥弟想，他明白桑迪刚才给他讲的了，但是没全明白。他为那个男孩感到难过，然后又觉得很害怕，不过他并不明白为什么害怕。

他们有一阵子没说话，一个守夜人拿棍子拄着地，在楼房周围巡视。他注意到了祥弟他们，棍子磕地的声音更响了些，桑迪有意慢了下来，这看起来让那个守夜人有点心烦，不过他没有什么进一步的举动。

“我想去喂喂莫提。”古蒂说。

“他是条狗，能自己养活自己。”桑迪说。

“可是它不舒服了。”

“现在不行，过一会儿吧。”

古蒂没再说什么，低着头往前走。祥弟觉得有点不好意思，因为他问了基罗那的事，好像把桑迪惹生气了。祥弟真希望他没见过基罗那，为什么阿南德·拜依要那样冲自己笑呢？他把注意力转到一家比迪烟店里吊在蓝色钩子上的一包奶油饼干上，店里的柜台上还堆着几包面包片。

烟店前面是一个卖羊肉的，他的脸黑黑地流着汗，像是被铁炉子里的煤熏的。祥弟看着那个人脸上的汗珠，那人和桑迪打了个招呼，桑迪拿出阿南德·拜依给他的十卢比钞票，递给那个人。

“你没事吧？”古蒂问祥弟。

“没事，我……”

“你会好的，”她说，“你刚开始在街头生活，你会在几天之内见到一切，在这几天的工夫里面，你就能见识到大多数大人一辈子见过的东西。这是我爸爸讲的，别担心。”

“嗯，”祥弟回答，“谢谢你。”

自从那天晚上遇到祥弟以来，这是古蒂第一次跟祥弟好好说话。卖羊肉的转着烤肉叉子，用衬衣袖子擦着脸上的汗。

“你一会儿就会见到达巴，”古蒂说，“我喜欢达巴。”

“达巴是谁？”祥弟问。

“达巴是个乞丐，他跟着阿南德·拜依很久了。”

“可是为什么阿南德·拜依让桑迪去给他吃的呢？”

“你一会儿就明白了。”

祥弟不喜欢一个人叫达巴这样的名字，这说明他一定像个箱子。这回祥弟不问了，他觉得最好还是别管那些人叫什么名字。

羊肉熟了，桑迪用一张报纸包着，他拿了一块刚放进嘴里，马上又吐到纸上。“太烫了。”他喘着气说。卖羊肉的哈哈大笑，炉子里煤烧得正旺，让他脸上又出了很多汗。三个人继续往前走去，古蒂把一块羊肉在两只手上颠来颠去，往羊肉上拼命吹气，然后她就把热腾腾的羊肉吃了下去。桑迪也吞下去一块，他拿了一块给祥弟。

“趁热吃。”

“这不是给达巴吃的吗？”

“这是送餐费，别充好人了，吃吧。”

“别给祥弟吃，”古蒂坚决地说，“他得瘦得能钻进神庙的栅栏。”

“让他吃点吧，”桑迪说，“不然这家伙逃跑的时候会昏倒的。”

祥弟没等古蒂同意就把肉吃了，他嚼着肉，尝着羊肉的味道。“我这辈子还是头一回吃羊肉呢。”他说。

“什么？”桑迪问。

“在孤儿院我们只吃米饭、蔬菜和辣豆子。”

“听起来那儿就像座可怕的监狱。”

“不，那儿还是很不错的，我们有床睡，还学会了读书写字。”

“多浪费啊！告诉我，如果穆那知道怎么读书写字，他就能不让刀子挖出他的眼睛来吗？”

“他的眼睛被挖出来了？”

“我希望这样。”

祥弟十分震惊：“为什么？”

“我不喜欢穆那，他想当老大，整天说些打打杀杀的事。”

“可穆那这样不会瞎吗？”

“谁知道呢？不管怎么样吧，你喜欢吃羊肉吗？”

“喜欢。”

“你知道这是哪种羊肉吗？”

“什么意思？”

是绵羊、山羊，还是羔羊……”

“不知道。”

“这是狗肉。”

“什么？”

“这些卖肉的把流浪狗杀掉做肉卖。”

祥弟害怕地看着桑迪，这会不会又是桑迪的恶作剧啊？祥弟转过身想看看古蒂的反应，古蒂这回没笑。

“我会去吃狗肉吗？”她问祥弟，“你看我是怎么对莫提的，我会吃莫提的肉吗？”

“谢天谢地，”祥弟说，“我刚才都有点恶心了。”

“我只吃我不认识的狗的肉。”她说。

桑迪的笑声在夜里传开了，他把剩下的肉用纸包好，然后从背后拍了他妹妹一下，古蒂又还了他一下。他们看到了刚才发生的那些事情之后，怎么还这么轻松？祥弟好像对这个陌生的世界没法适应。

“我有点事情不明白。”祥弟对桑迪说。

“说吧，什么事？”

“如果阿南德·拜依能靠偷汽车挣钱的话，他为什么还要别人去乞讨呢？”

“乞讨是个大买卖，这就是原因。”

“那这些钱能让他富起来吗？”

“比富起来更重要的是，他得让我们一直穷着。我们也饿不死，但是我们真希望死了算了。阿南德·拜依这样的人就是要让我们无路可走，我们不敢去找工作，因为他会一直盯着我们。我们给他交钱，给他打听消息，一旦你掉到这样的陷阱里，你一辈子就这样了。这就是我们为什么想去偷神庙的钱，我们想从这个鬼地方逃出去。”

“他要是抓住我们了怎么办？”

桑迪没有回答，他们三个人又回到了大马路上，这条路两边都是些服装店和珠宝店，还有个警察局。警察局的柱子上画着蓝黄相间的条纹，祥弟想，这要是只老虎，该是只多么怪的老虎啊。

一只警察虎。

祥弟为他的想法感到激动起来，也许孟买的警察真的需要大老虎帮他们维持城市治安。有天也许警察局的墙就会颤动起来，那些柱子就变成了老虎，在街上巡逻。看谁还敢捣乱，祥弟想。

他想跟桑迪和古蒂说，可古蒂溜了，朝另一个方向走了，桑迪好像也并不在乎。祥弟觉得古蒂还是在想着莫提，她自己都没多少吃的，还要照顾一条流浪狗。

一会儿，桑迪和祥弟在一家名叫 Shree Satyam 的珠宝店门口停了下来。这家店夜里关着门，路灯把长长的影子投在它的褐色大门上。珠宝店的铁卷闸门反射着微弱的光，祥弟看到门上锁着一把铁挂锁。桑迪领着祥弟从店旁边的一条小巷里走进去，到处是电线和楼房管道，水从最厚的那个管道里滴下来，落在一个人头上。

祥弟的眼睛习惯了那条小巷里的微光之后，他发现了一个秃头的人，没有胳膊也没有腿，几乎就是方方的一块。他仰面躺着，而且没有别的办法，只能任由水，或者什么液体，落在头上。听到有人来了的时候，他把头转到一边，睁开眼睛。他身上散发出一股怪味。

“达巴，”桑迪说，“这是吃的。”

达巴一听到“吃的”这两个字，就张开了嘴，他紧闭着眼在等着。桑迪把一块羊肉放进达巴嘴里，达巴嚼了几下就吞了下去。然后达巴又张开嘴，桑迪又放进了一块。达巴腰上缠着一块布，那块布脏兮兮的，但好歹能裹住身体，他只长着一个头和一个喘气的身子。达巴吃了最后一块肉后，他舔了舔嘴唇，睁开了眼，几滴水掉在了他胸口上。

“你能把我挪一下吗？”他问桑迪，“昨天这根管子就开始漏水，一直都在往我身上掉。”

桑迪朝祥弟点点头，“帮我抬一下。”他说。

达巴看起来有五十岁了，他看起来挺面善的，祥弟想。也许这是因为他不得不整天看着天空，他的眼睛也有了和傍晚天空一样的灰蓝色。

“抱住他抬起来。”桑迪指挥道。

桑迪抱住达巴的头，祥弟抱住他的腰，他们把达巴抬了起来，祥弟屏住呼吸，味道太难闻了。

“我们只能把你放在这儿。”桑迪跟达巴说。

他们把达巴又放回了地上，离泄漏的管子只有半尺远。祥弟看了看自己的手，还算干净。

“这个新来的男孩是谁啊？”达巴问。

“我的朋友祥弟。”

“谢谢你帮忙抬我。”达巴说。

祥弟点了点头。他不敢看着达巴的眼睛，尽管达巴的眼睛很像天空的颜色。

“桑迪，”达巴说，“帮我挠挠胸口，我都要痒死了。”

“哪儿？”

“哪儿都挠挠吧，求你了，我都痒得不行了。”

祥弟看着达巴脏兮兮的身子，他在想桑迪怎么能有勇气去挠。

“我脑袋边上有个汽水瓶盖。”达巴说，好像他能看透祥弟的心思一样。

桑迪捡起那个锯齿形的金属瓶盖，挠起达巴的胸口来。

“啊……”达巴说，“使点劲，再使点劲。”

“跟我说哪儿啊。”

“哪儿都挠挠！把皮挠破，求求你了。”

桑迪接着把瓶盖挠遍达巴的身体，在一些地方他更用力些。祥弟意识到桑迪以前就帮达巴挠过，因为他知道达巴怎么哼哼是说明他觉得舒服，怎么哼哼是难受。祥弟在想达巴怎么去厕所，然后突然想到那块布那么脏……

“现在挠挠脸吧。”达巴说，然后闭上眼睛等着。

桑迪从达巴身上抬起手来，祥弟发现那个金属瓶盖上面有血迹。

“阿南德·拜依让给你捎个话。”桑迪说。

“我听着呢。”达巴将要挠的那边脸转过来。

“他今天晚上要来找你。他想听听有什么消息。”

“我有个好消息要告诉他，对，好消息。但是我受够了，这回我要讨价还价了，我不能再干这个了，我想过平静的日子。”

“我明白。”桑迪说。

“请你把我的耳朵也挠挠吧。”

“我得走了，”桑迪说，“我还得给艾玛拿吃的呢。”

“好吧。你走之前，过来我跟你说点事。”

他跟桑迪耳语了点什么，然后重重地叹了口气。

“答应我你会按我说的做，”达巴说，“如果阿南德·拜依不同意我走的话，我需要你的帮助。”

“我……我试试吧。”桑迪说。

“谢谢你，桑迪。现在我能睡了，我睡了。”

桑迪把金属瓶盖扔了，拍拍达巴的胸口，领着祥弟出了巷子。祥弟往后看去，达巴正像条虫子一样在地上扭动。

“他跟你说什么了？”祥弟问。

“你别管。”

“他太难闻了，他怎么去厕所啊？”

“他在哪儿，厕所就在哪儿。”

“谁给他洗澡啊？”

“阿南德·拜依不让人给他洗，他越难闻，人们就越离他远远的。什么时候阿南德·拜依同意了，我们就拿桶水浇在他身上，把他浇得浑身湿透，就这样。”

“可怜的人。”

“他是很可怜，不过他给阿南德·拜依挣了很多钱。”

“靠乞讨吗？”

“阿南德·拜依的大笔收入是靠抢劫，他把达巴放在珠宝店边上，达巴就能听到店里人们的谈话。顾客看不到他，珠宝商也不会注意他，因为他就跟麻风病人一样人人都躲着。很快达巴就知道了交货的确切日期，时间，钱藏的地方等。每次阿南德·拜依要抢一个地方，他就把达巴用吉普车拉到那个地方，放在那儿。”

“所以达巴是阿南德·拜依的包打听，就像你是他的眼线一样？”

“对了。”

“那为什么他不好好待你们？”

“因为如果达巴死了，他就会再造出一个来。”

“什么意思？”

“你以为他一生下来就这样吗？达巴本来是个好好的人，过去在艾拉尼饭店当服务员，一天有辆出租车把他给撞了，他的两条腿截了肢。现在他还能大声背菜单打发时间呢。”

祥弟还想问达巴的胳膊是怎么没的，但是又有点意识到发生的事情了，他现在明白了为什么那个人叫达巴。

阿南德·拜依活生生地把人变成了箱子。

第八章

想飞 Fly Away

这是我的梦想。我，桑迪，有一天能飞遍孟买，看到每一条水沟，看到所有的商店、影剧院、赌场、妓院、斗鸡、板球赛，一旦我看完了这些，我就像一只冠军鸟一样，飞过大海，一直不停，我这辈子就在天上飞着了。

祥弟睡不着，他一直在想象达巴在地上蹭来蹭去挠痒痒的样子。

在大路上，路灯很亮，光线照在公共汽车站一张穿白衣服的政客宣传画上。一个出租车司机把车半道停在了人行道上，自己跑到后座去睡觉了，人们只能看到他的脚心从车窗伸出来。一群衣衫破烂的孩子从出租车边上跑过去，一个小男孩领头，他手里拿着一个包袱。然后他停下来坐在人行道上，打开了包袱，里面是饼干。其他的男孩和女孩们也过去开始吃饼干，那个小男孩被一个大一点的女孩打了一下头，但他没有还手，还跟女孩调皮地笑了笑。

祥弟正要过马路跟那帮孩子聊聊天，这时他听到了一个声音。

祥弟的身体立即紧张起来，他静静地站着，想看看他是不是真的听到了那个声音，像夜色一样温暖的声音。

歌曲是有生命的。

祥弟追随着那首歌的方向，被那首歌带到了废楼旁边。他一边走着，发现了他们几个小时之前去阿南德·拜依院子走过的那个墙洞，从那个洞他能看到学校的操场铺着的碎石子。也许是个死去的孩子在唱歌吧，没准以前就是那个学校的学生。她想念朋友了，就在晚上唱歌，歌声一直徘徊到早晨上课铃响。祥弟慢慢从那个墙洞穿过去，可是他一到操场，就听不到歌声了，只看到古蒂靠着墙坐在地上。

“你在这儿干吗？”她问。

“哦，是你啊。”祥弟说。

地上扔着只旧塑料拖鞋，一根红发带在碎石子上滚来滚去，树枝沙沙地拍打着教室的玻璃窗。

“刚才是你在唱歌吗？”他问。

“不是。”古蒂说。

“但是这附近没有别人了。”

“你怎么醒了？”

“我睡不着，”祥弟说，“你的声音很好听，我知道刚才是你在唱歌。”

祥弟在古蒂身边坐下，像她一样把腿盘起来。

“为什么你坐得离我这么近？”她问。

“太黑了，我……我看不见。”

“别怕，我又不会吃了你。”

“你要是不想让我待在这儿，我就走。”

“你自己看着办吧。”

“那我就在这儿了，能给我唱首歌吗？”

“不行。”

“求你了。”

“我不给别人唱歌。”

“那我就要吃好多东西，身子胖得像球，那你就只能去找别的瘦男孩给你干活了。”

“你这是在要挟我吗？”

“对的。”

“我要拿刀杀了你，你这个无赖，我要把你的肉切成小块去卖。别想再要挟我。”

“天哪……”

古蒂把手放在碎石子上，红发带被风吹到了她跟前，蹭到了她的膝盖，可她并没有去拿，她捡起一根小树枝插进了碎石堆里。

“求你给我唱一首吧。”祥弟说。

“如果我给你唱歌，你能答应我从那个神庙里把钱拿出来吗？”

“不行。”

“看着我。”古蒂说。

祥弟看着古蒂，古蒂应该跟他一样大，但是看起来要比他大一些。古蒂经历了更多的风吹日晒，听到的卡车喇叭声也比他多，另外古蒂是他身边唯一亲眼看着自己的爸爸被车轧死的女孩。

“看着我的眼睛，”古蒂说，“答应我无论如何，你都要帮我们拿到钱。一旦你看着别人的眼睛作出了承诺，就不能违背它。现在看着我。”

祥弟看着古蒂的褐色眼睛，他的胃一阵刺痛。他们对视了几秒钟，尽管祥弟想低下头，他还是先得作出承诺。

“我答应你。”他说。我答应帮你搞到钱，但是我不能偷东西。

古蒂把那根小树枝扔出去，在棕色裙子上擦了擦手。

然后她开始唱起歌来。

古蒂的歌声有着不可思议的魔力，好像是五颜六色的，每个音符都是一种颜色。祥弟的心整个荡漾了起来，如果他能飞的话，他会直接朝旁边教室的窗户飞进去，然后又原样飞出来，这就是古蒂的歌声的美妙之处。

树叶轻轻地摇着，好像也听到了古蒂的歌声，地上的尘土飞到空中旋转，像是在顽皮地跳舞。

古蒂唱完一首歌，祥弟觉得这首歌一定来自另一个世界，因此他决定用另一个世界的语言告诉古蒂这首歌有多么好听。他凑过去在古蒂耳边说：“Khile Soma Kafusal。”

“什么？”古蒂说，慢慢地喘着气。

“Khile Soma Kafusal。”祥弟又轻轻地说了一遍。

“这是什么意思？”

“这是花园语言，我以后告诉你是什么意思。”

“这种语言在哪儿用啊？”

“在卡洪莎。”

“卡洪莎？”

“没有悲伤的城市。有一天这个世界所有的悲伤会消失，而卡洪莎就会出现。”

祥弟在把他的秘密偷偷告诉古蒂的时候，他有一刻忘了那是在夜晚。他周围的一切都染上了光晕——树叶、红发带和碎石子。

古蒂把垂到脸上的头发抹开，睁大了褐色的眼睛。她的眼睫毛好像变长了，好像要伸出来碰到祥弟一样。

“别傻了，”她说，“怎么可能有这样的地方呢？”

“因为你唱的歌，那首歌太美了，它能创造出一个崭新的城市。”

“你是不是精神不正常了？”

“对，我还会一次又一次地这样，直到我们过上快乐的生活。你，我，桑迪，艾玛，艾玛的孩子，还有达巴，有一天我们会在没有悲伤的城市生活在一起。”

一帮孩子坐在手推车上抽着烟，桑迪也在里面，他坐在那个最小的孩子旁边，那个孩子头剃得光光的。祥弟看见那帮孩子轮着抽一支香烟，有个孩子在敲着一个马口铁罐，桑迪旁边的那个光头孩子也开始敲，不过他敲打的是桑迪那条坏腿，敲完了又趴在上面听，好像是想听听会发出什么声音。男孩们哈哈大笑，然后桑迪开始说话，祥弟意识到桑迪是在给他们讲故事，讲的是他的肋骨怎么突然变成了长牙。祥弟偷偷笑了，因为桑迪讲的可不怎么样。

路灯下面，古蒂站在那儿冲祥弟笑笑，路灯的光像阳光一样照在古蒂头上。大胡佬的面包房楼上透出来一点亮光，祥弟很高兴没听到屋里有什么动静，他希望大胡佬跟他老婆快点睡着，大胡佬的老婆在梦中赶快去到她童年时梦想的地方。

“跟我来。”古蒂说。

“去哪儿？”

“去搭个车。”

“什么车？”

古蒂往前走，祥弟喜欢她自顾自走着的样子，他不再害怕古蒂了。祥弟知道能像古蒂那样唱歌的人，一定有着世上最明亮的心地。

古蒂没看祥弟，她接着走过附近的商店。祥弟走快了一些想追上她，不过还是决定跟着古蒂走。红绿灯还是不停地变换信号，像人的眼睛没有休息，祥弟想。他们走到一个十字路口的时候，一辆出租车突然改变方向，开到了离人行道非常近的地方。人们就在人行道上睡成一排，那辆车的头灯都照在脸上了，他们还是一动不动。

一会儿他们经过一家关门的酒吧，一个肤色黝黑的人抱着胳膊站在门外，他那凶样说明他在看门。两个人在酒吧外面抽烟，他们站立不稳的样子很明显地说明他们喝醉了酒。祥弟注意到商店的薄铁皮屋顶上压着大石头，防止它们被风吹走。

这时祥弟发现三个睡在药店台阶上的孩子，古蒂用脚尖轻轻磕了磕其中一个男孩，那个男孩颤了一下，醒了过来，他看到古蒂的时候，笑着埋怨了一句，又重新躺在了石头上。这肯定就是桑迪说的那样，孟买本身就是个孤儿院，祥弟想，到处都是他这样的孩子散布在市里。祥弟希望路灯是五颜六色的——粉色、红色、紫色、橘红色。为什么不这样呢，反正它们也像树一样弯了下来。

古蒂停在一辆出租车旁边，那辆车之前跟人行道上的一棵树撞上了。她弯下腰躲在了车后面，小心地从车窗往外看，祥弟也跟着她躲了起来。

“我们要干什么啊？”祥弟问。

“躲着。”

“躲什么？”

“马。”

“这儿有马啊？”

“对，你喜欢棕色的马还是黑色的马？”

“我……我还没见过马呢。”

“今天晚上我们要坐马车。”

古蒂是在开玩笑吗，很有可能，然后她和她哥哥又会哈哈大笑。古蒂肯定会说，我告诉祥弟街上有马的时候，那个傻瓜居然相信了。

“我们得等会儿，不过马肯定会来的。”古蒂说。

“马会自己跑过来吗？”

“当然不是，傻瓜，是马车！”

“大晚上这会儿有马车？”

“对，它们沿着滨海大道绕圈，挣到钱之后，夜里休息。马厩就在附近，所以赶车的老头会从这条路走，到时候我们得从马厩那边走回棚子里去，怎么样？”

“好。”

“你得跳上车去，如果被老头发现了，他会拿鞭子抽咱们的，所以小心点。”

“你跟桑迪这么坐过吗？”

“没有，桑迪没法跑。”

“哦……对……”

“马车随时会来的。”

祥弟一想到要跳上一辆马车，就很激动。在孤儿院里，他做过的最勇敢的事就是半夜溜出屋子，到院子里散步，但他可没胆量溜到城里去。现在，他不但已经在城里了，还要坐上马车在城里溜达。

他们两个人蹲在撞坏的出租车后面等着的时候，祥弟觉得自己就像变了一个人。他在一条黑糊糊的路上，周围只有楼房，商店和酒吧，不过古蒂的歌声给了他力量。

“你的歌……确实很动听，”祥弟跟古蒂说，“你在哪儿学的？”

“我自己编的。”古蒂回答说。

“你的歌会开启一个全新的城市，而且……”

“不，”古蒂打断了他的话，“不可能。”

“为什么？”

“我爸爸死后，我编了这首歌。他死的那天，正在过马路的时候，我叫他，他转过身看着我，就那时候车撞上的他。他那会儿正在朝我招手，我为了怀念他作了这首歌。你看这样的东西怎么能开启一个新城市呢？”

祥弟低着头看着出租车的轮胎，齿轮盖扎进了轮胎里，驾驶室车门上的压痕给人感觉车身是用黑纸板做的。

突然古蒂抓紧了他的手，低声说：“你听。”

祥弟什么也没听到，他看着古蒂的手，看着她手上脏脏的痕迹，看着她啃手指的痕迹，看着她从不摘下来的橘红色手镯。然后祥弟顺着手往上看，看到古蒂胳膊肘上一点暗红色的血迹，很可能是挠得太厉害了。再然后祥弟看着古蒂的脸，对自己说就算古蒂那首歌是为她爸爸所唱，祥弟也能使它做自己想要的事情。

“马车就要来了。”古蒂悄悄地说。

她握紧祥弟的手，祥弟发现自己根本找不到马车来的方向。

古蒂发现祥弟在看着她，就抬起手把祥弟的头转到了另一个方向，他们从出租车的引擎罩上往外看，看到一辆高大的马车驶了过来——两匹黑马驾着车，一个老头抽着根比迪烟坐在驾驶位上，手里拿着一根卷起来的鞭子。马车的四只大轮子像世界在不停转动，带着马儿走得越来越近。祥弟和古蒂等着马车驶过来，然后他俩就跟在马车后面跑。马车后面有个车厢，足够他们钻进去，古蒂先跳了上去坐下来，然后面朝着祥弟伸出手。祥弟对自己说，他不想到马车上去，不，他要一辈子都追着这个女孩跑，因为他一跳上马车，古蒂的手就不会再向他伸过来。以前还没有人对他这样伸出手过，虽然他做了很多次这样的梦，在梦里他的爸爸妈妈来到了孤儿院，他向爸爸妈妈怀里奔去。祥弟还从没有想到会有一个和他差不多年纪的女孩，长着棕色的头发和黄黄的牙齿，向他伸出手来，但这真的要好很多，好得多。他还没有意识到马车正在跑得离他越来越远，他也不在乎，他只是想把这个景象一直保存在记忆中。

可是古蒂很惊慌，她使劲地做着手势，祥弟立即停止了幻想，使劲跑了起来，好像他要永远地离开，朝着一个更好的地方前进。很快祥弟就跳上了马车，和古蒂坐在一起，他们面对着这个城市，把它抛在身后。孟买的摩天大楼看起来好像离得很远，可仍然灯火通明，路两旁的大树把厚重的树枝伸到了路中间来。祥弟喜欢马儿在大街上轻快地行进，发出“嘚嘚”的马蹄声。如果这辆马车就这么一路驶到孤儿院去，那该多好啊，祥弟希望永远别驶到马厩去。

祥弟在想这条路叫什么名字，路边有个影剧院，牌子上写着“超级影院”，超级影院对面还有个影剧院，叫沙利马影院。祥弟喜欢这两个名字，他觉得这两家影院是兄弟影院——超级和沙利马。

祥弟抬起头看着夜空，夜空呈现出一片片的蓝色。月光照在空中，就好像照在人的躯体的不同部分一样，照在头上，大腿上，鼻子上，膝盖上。古蒂拍了一下手，祥弟大笑起来，每颗牙齿都露了出来。他能看到月光落在关了门的商店的屋顶上，投射在路上，扫去夜晚的疲惫。祥弟暗暗祈求月光渗到他身体里去，直到满满地要溢出来。

祥弟使劲探出头去看了一眼拉车的马儿，它们也很快会沐浴在月光下，它们黑色的皮肤会闪着光，树会被它们闪耀的光芒照亮。祥弟在想月光会不会把人们从梦中叫醒，会不会让人们打开窗户，看着自己和古蒂两个小孩子，张大嘴在吸进光芒。祥弟希望这样的景象能使大人们冲上街头，疯狂地沐浴着月光。他看着古蒂，古蒂把落在脸上的头发拂到一边，咯咯地笑着，祥弟不明白她为什么咯咯笑，不过那几乎和她的歌声一样动听。祥弟突然对古蒂说：“你不叫古蒂了，今天晚上我给你起个名字叫布布，这个名字来自于夜莺。”他俩哈哈大笑起来，唾沫都溅出来了。祥弟觉得赶车的老头肯定知道他们在车厢里，不过没准他不在乎，而马儿在往前跑的时候，应该也知道这一点。祥弟在想有没有可能世界上只剩两个人，因为这就是他此时的感觉，也是祥弟想跟古蒂说的。

手推车上的男孩们已经走光了，只有桑迪还在那儿，他在给一只脚挠痒痒。祥弟不知道到底几点了，不过肯定已经很晚了，因为街上从来没有这么冷清过。这使祥弟觉得很有意思，等到了早晨街上又会很快变得热闹起来，就像睡醒了的动物一样。

“你们上哪儿去了？”桑迪问。

“我们去坐马车了。”古蒂说。

“祥弟，你看到马的中间那条腿有多大了吗？”

“别逗他了。”

“别逗他？”

“让他自己待着吧。”

“祥弟是不是对你使什么魔法了？”

“我说，让他自己待着吧。”

“祥弟，”桑迪说，“你对我妹妹做什么了？你是不是把自己的一根肋骨拿出来，把它当成魔杖，改变了我妹妹的意识？别太得意了，他是我妹妹。如果你对她动手动脚，我就把你的第三条腿割下来，听到了吗？”

“艾玛呢？”古蒂问。

“她睡了。”

祥弟一直没说话。也许这和在月光下坐马车是鲜明的对照，可他又一次注意到这个城市是多么的糟糕。商店挤在一起，楼房的墙破破烂烂，很多住户的窗户裂了缝，就连植物都在墙上歪歪扭扭地爬着，像贼一样。什么样的房子能让植物这么长？

“孟买城就是这样的吗？”祥弟最后问，“老房子，小商店，流浪狗和乞丐？”

“不是，”桑迪说，“你还没看到附近那个垃圾堆呢。”

“远远不止这些”，古蒂说，“我爸爸常说没有一个地方像孟买这样。”

“他说得对，”桑迪说，“没有一个地方跟这个大妓院一样。”

“闭嘴吧，”古蒂说，“还有滨海大道，是沿着海边的一整条路，路边种着椰子树，晚上你就能看到岸边的楼房灯火通明。”

“有花园吗？”祥弟问，“最近的花园在哪儿？”

“空中花园，”古蒂说，“你会爱上空中花园的，所有的树都被修剪成动物的形状，老虎，大象。花园在山上，在那儿你能看到整个孟买城。”

“对，孟买是不错，”桑迪说，“每个人都随便来，来了你就走不了了。”

“桑迪！”古蒂嚷道。

桑迪不吭声了，古蒂摆弄着手腕上的橘红色手镯，然后她看着祥弟。

“还有一个，”她说，“孟买城里我最喜欢的地方。”

“是哪儿？”

“阿波罗码头，就在海边，印度之门也在那儿。我爸爸带我去过，我们坐在海堤上吃着豆子，有时候我们也会喂鸽子，爸爸就给我讲鸽子在说什么……如果你爬上印度之门，坐在圆顶上，你就能一直望到海那边的另一个国家。”

“那是哪个国家啊？”

“我不知道……爸爸没告诉过我。”

古蒂又低下头，祥弟觉得她是在想她爸爸了。祥弟对刚才听到的消息感到很激动，他想去滨海大道，他会喜欢在海边坐着，看着太阳让海水闪耀金光。还有一整排在风中摇摆的椰子树，祥弟会坐在那儿看几个小时。阿波罗码头听起来也很有意思，海那边的国家是哪个呢？他要和古蒂坐在印度之门顶上，远远地看着地平线。他们没准会看到跟他们一样的孩子在另一边，他们会一直互相挥着手。还有空中花园……动物形状的树，想象一下三角梅修剪成的马！祥弟简直都等不及要去看看了，他梦想中的孟买是没错的，确实在什么地方存在着。

“我们现在能去那儿吗？”他问。

“去哪儿？”

“空中花园。”

“不行，”桑迪说，“你们俩都去睡吧。”

古蒂听话地躺在了地上，她的脚不小心碰到了艾玛的头，不过艾玛没有醒。艾玛的孩子被一块脏乎乎的布包着，躺在一块塑料布上。一只老鼠爬了过来，祥弟起来要赶它，结果祥弟还没碰到它，它就钻进人行道上的一个洞里不见了。祥弟很担心艾玛的孩子，他希望那孩子有个干净的地方待着，更何况他还病着，又跟老鼠待在一起。

古蒂把她的马口铁罐放进老鼠跑进去的那个洞里，然后她在闭上眼睛之前，看了祥弟一眼，对他说：“明天就是那个日子了。”

祥弟希望萨迪克夫人这时候就在他身边，能给他点忠告。他知道萨迪克夫人会说什么，偷东西是不对的。耶稣这时候没什么用，他总是沉默着。

“睡吧。”桑迪说。

“不，我还想再待会儿。”

“做什么。”

“想事情。”

“想什么？”

“什么都想，我喜欢梦想。”

“你醒着的时候怎么梦想？”

“那是最好的梦。”

“你得喝醉了才能梦得到，或者抽印度大麻，但是你没准连大麻是什么都不知道。”

“的确不知道。”

“大麻是穷人用来逃避悲惨命运的东西，但这也要花钱。”

“这就是我要梦想的原因，梦想不要钱。”

“你怎么这么怪？你为什么不能正常点，在路上吐痰，或者拉在裤子里？”

“告诉我你真正想要的是什么？”

“我想离开孟买。”

“这不是梦想。”

“为什么不是？”

“逃离不是梦想，不管怎么样吧，那是布布的梦想。”

“布布到底是谁？”

祥弟看着古蒂，她实然笑了一下，然后赶快闭上眼睛，好像沉重的睡意突然来袭一样。

“她是布布？”桑迪问，“真可怕，你给她起了个夜莺的名字，你可真够能做梦的。现在去睡吧。”

“你先回答我的问题。”

“你为什么要缠着我？如果你闲得慌，就去跟老鼠说话吧。看，我把盒子拿起来，然后你就钻进洞里做梦了。”

“有什么东西是你真正梦想要得到的吗？”

“我不回答你的问题，你就不让我睡了，是吗？”

“对。”

“好，那我就告诉你。”

“讲实话。”

“好，讲实话，”桑迪瞅了他妹妹一眼，古蒂闭着眼睛，艾玛动了一下又安静下来了。一辆警车冲过公共汽车站，祥弟马上想到三只蓝黄相间条纹的老虎跟在警车后面吼叫着，像警车的警报器一样。警察虎能到警车去不了的地方，它们比警察更能闻出贼的气味，它们还能照看孟买的孩子们，像对自己的虎崽一样。

“好，”桑迪说，他抓着那条僵硬的腿，“我告诉你。”

“好的。”

“但是你不能跟别人说，也不许再跟我重复。我们胡扯完之后，你就得让我好好睡觉，就算上帝来了，开始在路当中做羊肉比亚尼菜，你也不能叫醒我。”

“我答应你。”

“看到我这条腿了吗？我从来都不能跑，就算走路都觉得沉重，就好像我的怒气都积聚在这条腿上一样，它变得越来越重。连我爸爸死的时候，我都没法朝他跑过去，最后我总算在艾玛和我妹妹后面到了那儿。有时候我只希望不会觉得这么沉重，你知道，就像你做白日梦一样，我希望有一天……算了，太傻了，我去睡了。”

“讲啊，桑迪。”

"这有什么意思啊？我希望的东西是不可能实现的。"

"为什么要希望能实现的东西呢？"

"难道不是这样吗？"

"不是的。"

"那我想飞，"桑迪小声说，"这是我的梦想。我，桑迪，有一天能飞遍孟买，看到每一条水沟，看到所有的商店、影剧院、赌场、妓院、斗鸡、板球赛，一旦我看完了这些，我就像一只冠军鸟一样，飞过大海，一直不停，我这辈子就在天上飞着了。"

"这真是个很棒的梦想。"祥弟说。

"但这永远也不会成真，所以又有什么用呢？"

祥弟没说话，他想跟桑迪说没有悲伤的城市，警察虎怎么在街上巡逻，保护他们，怎样到处都是花，水龙头怎样喷出纯净的雨水，而且最主要的是，没有人会变成残疾，人们也不会彼此伤害。

"现在我想问你一个问题。"桑迪说。

"什么问题？"

"你为什么总是围着那条头巾，就算热得要命你也不摘？"

"那不是头巾，"祥弟说，"那是……"

祥弟不知道要不要把这块布是怎么回事告诉桑迪，不是他不信任桑迪，而是祥弟想一直保守这块布的秘密，直到找到他爸爸，但他也不想跟桑迪说谎。

“这块布是孤儿院一直照顾我们的萨迪克夫人给的，看着这块布我就能想起她，”祥弟说，“它能给我带来好运。”

“你真是个怪人，竟然相信在孟买这种地方能有好运，”桑迪说，“但是我们需要所有的运气站在我们这边，让我们能离开这个地方。所以继续围着吧，我们就靠你了，睡吧。”他转过身躺了下来。

开始刮起一阵大风，风越来越大，吹得祥弟很不舒服。也许风在告诉他什么事，对，是在告诉他别傻到去相信什么警察虎和三角梅修剪成的马。空中花园只不过是把植物的枝子剪下来，每次把那些植物修剪成动物形状的时候，它们一定在痛苦地尖叫。

祥弟站起来看着周围，公共汽车站后面的两棵椰子树被大风吹得前后摇摆，椰子树的树枝像翻过去的雨伞一样指着天空。这是一个多么奇怪的夜晚啊，马车旅行很美妙，连月光都比往常要亮，而现在，天空又开始发怒。

第九章

爆炸 Explosion

祥弟不知道自己为什么没有要哭的感觉，他还是觉得就像个游戏一样，那些红颜色，还有桑迪和古蒂，他们像雕像一样待着，假装已经死了。

早晨，天空中灰蒙蒙的。面包店开门了，祥弟从他躺的地方能看到面包店楼上的屋子有个女人，她戴着一条粉红色的头巾，手里拿着一本书，在咕哝着什么。也许她在祈祷，祈求神保护她免受自己丈夫的伤害。

祥弟的后背很疼，他还是不习惯在凹凸不平的石头人行道上睡觉，而且还有一个原因——一种想法整夜都在他背上萦绕，最后在头脑里扎了根。今天我要去做贼了。但祥弟还是希望有个法子摆脱，必须找个法子。

过了一会儿，桑迪醒了，站了起来。

“去找吃的吗？”祥弟问。

“不，”桑迪说，“我得先去找点别的东西。”

“什么东西？”

“老鼠药。”

“做什么用？”

桑迪没有回答，祥弟自己在那儿心里嘀咕着，他知道老鼠药根本没什么用。可能能药死个把老鼠，最多十只，可是在生活着无数只老鼠的城市里，又能有什么用呢？不过祥弟还是没有质疑桑迪的做法，毕竟是桑迪自己的钱。祥弟自己也有钱，但是他不愿意花一分一毫。

祥弟看了一会儿从街上缓慢驶过的出租车，然后他又把注意力转到俯视大街的公寓楼上，公寓楼的大部分窗户都关着，也许是因为昨晚刮大风了。只有几个人站在窗边看着街上，其中几个穿着白背心，挠着夹肢窝，另外几个嚼着印度槟榔，嘴唇被染得红红的。尽管印度槟榔有鲜艳的色彩，祥弟还是不喜欢它把嘴唇染红然后满大街都是红红的样子。

“我能和你一起去吗？”祥弟最后还是问。

“不用。”桑迪说。

“为什么？”

“我还有事。”

“可我还得跟你说说今天下午的事。”

桑迪从树边走开，离面包店有一段距离之后，他才过了马路。祥弟跟在桑迪后面。

“你下午需要的油在我们这儿，”桑迪捂着鼻子说，“回来我就把那瓶油给你。”

“你从哪儿弄到的油啊？”祥弟问。

“我从神庙那边的比迪烟店偷的。”

祥弟想起了他出来的第一天，那个店主把饼干罐盖子砸在他手腕上的事。从某种意义上来说，这是祥弟应得的，毕竟，是祥弟要用偷来的油。

“计划很简单，”桑迪说，“古蒂会坐在神庙外面卖小神像，我和她坐在一块儿。你待在视线之外，在比迪烟店后面，但是你要能看得到我们，明白吗？Namdeo Girhe 进去的时候，那就是要你开始往身上涂油的信号。他一做完礼拜，就会和祭司一起离开神庙，神庙就会关一会儿。你就从神庙侧面的窗户钻进去，那个窗户从街上是看不到的，窗户上的栏杆很密，不过你应该能从它们中间钻过去。你还需要一把锤子，我会把锤子放在窗户下面的地上。”

“锤子是干什么的啊？”

“钱放在一个大塑料盒子里，先把锤子从窗户里扔进去，再钻进庙里，用锤子把盒子砸开。”

“我拿到钱以后在哪儿跟你碰面？”祥弟问。

“格兰特路站，”桑迪说，“穿过学校操场，然后向右转，过马路，你就到了格兰特路站，到第一站台售票窗口旁边，我们会带着艾玛和孩子过去。你就在那儿等着，就算我们没到，也得等。”

“我会等你们的。”祥弟许诺。

“还有，白痴，”桑迪说，“别忘了在庙里就把钱放在兜里，只拿钞票，不要硬币。你从庙里出来的时候，要大摇大摆地走着，像逛花园一样，别人发现你偷了钱再跑。记住这一点，只有你自己知道你偷了东西。如果你的心在怦怦乱跳，没有人能听得到，所以放松点。你从窗户钻出来之前，先看看窗户外边，我们会在外面给你信号。”

“神庙的窗户要是关着怎么办？”祥弟问。

“做礼拜那天因为有特殊的香气，所以侧面的窗户会一直开着，他们得让香气散出来。这时候小偷就能爬进去。”

“我不是小偷！”祥弟尖声说。

“好，好。”

“这些年为什么没人去抢这座庙呢？”

“没人有胆量去抢。”

“为什么？”

“首先，每个人都觉得这个庙里有过奇迹发生，抢它会倒霉的。”

“还有呢？”

“这座庙是阿南德·拜依的地盘。”

“哦……”

“Namdeo Girhe 利用阿南德·拜依在选举的时候打人，阿南德·拜依的帮派还是很厉害的。选举期间，这个庙被用来向警察行贿，警察来祈祷，然后拿着钱出去。”

“做礼拜的时候阿南德·拜依在吗？”

“有可能，但是别担心，他会晕乎乎地出现，因为他总抽大麻。”

“那是什么？”

“一种毒品，他加在一杯奶里喝下去。”

“要是他发现了，我们就死定了。”

“他发现的时候，我们已经在火车上了。还有什么问题？”

要是我被抓起来打呢？要是我的肋骨卡在栏杆上怎么办？要是我往里钻的时候，栏杆自己动了，把我夹住怎么办？我要是找不到第一站台怎么办？

“不，没别的问题了。”祥弟说。

他们进了一家汽车轮胎店后面的小路，旁边是普什帕克书店，一群小学生和家长们正在外面排着队。桑迪进了一座小楼，楼的门廊漆着明黄色，可是楼的其他部分破破烂烂的都褪色了，窗户上的铁格子让这座楼看着更旧了。桑迪和祥弟现在在一条很窄的过道上，祥弟深吸了一口气，他闻到各种食物的香味，还有垃圾散发出的刺激气味，垃圾堆在楼房中间的一片空地上，楼里的住户得把垃圾扔到那儿。祥弟看到地上扔着绿色的塑料袋，还有好多蛋壳和香蕉皮。

桑迪敲了敲门，门上贴着张湿婆神像，桑迪跟祥弟做了个手势，让他待在别人看不到的地方。湿婆头发上冲出来的眼镜蛇让祥弟想到了古蒂的木盒子，他多么希望像古蒂一样做正经营生。

门开了，祥弟看不见是什么人，不过从那人咳嗽的声音来说，祥弟觉得是个男人。

“我来拿点药。”桑迪说。

“啊？”

“阿南德·拜依让我来的。”

“哦？我以前没见过你，你叫什么名字？”

“拉居，我两个星期前跟着穆那来的。”

“穆那呢？”

“他身体不舒服，眼睛受伤了。”

“可我怎么还没认出你啊？长得像你这样的……”

“萨希布，你那天……在我来的时候喝醉了，可能是这个原因。”

“你这头两只脚的猪，你没说错，我现在就醉着呢！那你想要什么？”

“老鼠药……”

那人一把将门在桑迪面前关上。祥弟不知道桑迪为什么要这么做，很快门又开了，那个人给了桑迪一个小纸包。

“替我跟阿南德·拜依问好，你刚才说你叫什么来着？”

“拉居。”桑迪说。

“拉居，”那个人重复了一遍，“希望你能杀掉好多老鼠！”

那个人砰的一声又把门关上了，里面传来他撞上家具的声音。桑迪从过道里匆匆忙忙地走出来，他们穿过空场的时候，祥弟看到一个西红柿从楼上掉了下来。

“你为什么跟他说个假名字呢？”祥弟问。

“因为阿南德·拜依并没有派我来。”

“可是那个人不会认出你吗？”

“穆那一般都来这儿给阿南德·拜依要些毒药，去干他那些坏事。穆那总拿这个醉鬼开心，他会开玩笑地说那个醉鬼大早晨是怎样的不省人事。所以我会知道这些，我以前从来没来过，这次只是来碰碰运气——我知道如果是阿南德·拜依要的东西，那个人是不会收钱的。不管怎么说，咱们就希望那家伙醉得根本就忘了我来过这儿吧。”

祥弟想起了孤儿院的拉曼，他喝醉了酒是怎样自言自语的，但是拉曼不会撞到家具上，他唯一的问题是会喝晕过去。

他们又回到了大街上，祥弟踩在了一张利丽牌香皂的包装纸上，他把包装纸拿到鼻子底下闻着香味，孤儿院的香皂几乎没什么香味，一点点香气一下子就消失了。

过了一会儿，祥弟对周围的环境变得熟悉起来：一所邮局，一家珠宝店，以及墙上涂着黄蓝色条纹的派出所。祥弟想去摸摸黄蓝色相间的柱子和墙，毕竟，它们是警察虎的皮毛。祥弟心想，那些警察虎的肌肉是怎样像水波一样起伏，它们将是人们见过的最凶猛的动物，吼声会响彻整座城市。

很快，祥弟和桑迪到了达巴待的地方，那家珠宝店和管道坏了的那座楼之间的通道里。达巴的头边放着个金属碗，里面有点硬币，他看着桑迪笑了，可桑迪没笑。

“阿南德·拜依来过了吗？”

“来过了。”

“怎么样？”

“我跟他说我有个最好的消息要告诉他，珠宝店转让了，我本来准备告诉他人家来搬珠宝的确切日期和时间，但是我没这么做。我跟他说想退出，如果他能给我够吃饭的钱，我就满足了。这只是我给他提供这么多消息的一个小小的报酬，我说我只想过平静的日子。我甚至告诉他我可以和你一起过，你会照顾我，我只想在一个地方待着，不想像个动物一样被搬来搬去。”

“他同意了吗？”

“他大笑着说，‘我把你变成这样，我会告诉你什么时候退休的’。正像我想的那样，那个浑蛋该死一百次，你记住我的话，不这样我就不叫达巴。”

“对不起。”

“我要的东西拿来了吗？”

“达巴，我……”

“别让我失望，桑迪。我料到阿南德·拜依会让我失望，但不是你。你究竟拿来没有啊？”达巴颤抖的样子说明他很想要桑迪拿的那东西。

“拿来了。”

"在哪儿？"

桑迪转过身来跟祥弟使了个眼色，这是要让祥弟离开。祥弟往边上挪了一点，眼睛还看着达巴。

"给我毒药。"达巴说。桑迪打开那包老鼠药，把黑色药片都倒在手心里。

"好，"达巴说，"也别搞什么形式了，立即放到我嘴里。"

"不行，"桑迪说，"我做不到。"

达巴想坐起来，侧过身，不管怎样，他想够到桑迪的手，但是他没有四肢的身体几乎动不了。

"桑迪，你也是个残疾人，和我一样在街头流浪。记住，你还有很长的路要走，有一天你会需要帮助的，所以别拒绝我，就把药放在我嘴里吧，"达巴说，"然后离开这儿。"

"我没法给你吃毒药，"桑迪回答说，"求你了……"

"把我翻过来，让我趴在地上。"达巴厉声说。

桑迪把达巴翻过身来，让他趴着，达巴的脸往一边侧着。

"现在把毒药放在地上，走吧。"达巴说。

桑迪手心向下，把药撒在地上，一瘸一拐地走出了小巷，祥弟一脸惊吓地看着达巴舔着地上的药。

下午的时候，祥弟在比迪烟店外面等着，他强迫自己看烟店后面贴着的一张"快乐的裁缝"广告，一件男式衬衣的形象占据了广告的大部分篇幅，穿着衬衣的人在开怀大笑。衬衣兜里插着一枝玫瑰花，衬衣下面是裁缝本人的承诺：快乐的裁缝使你快乐。从广告上穿出一根大钉子，祥弟小心翼翼地不让钉子划到自己。

祥弟从自己所在的位置上对神庙有一个很好的观察点，那个地方看起来一点都不像一座神庙，祥弟想，就像是把公寓的底层改成了一座庙，只有那堵黄墙把它和楼的其他部分区别开来。谁知道甘尼夏神是不是把这座公寓楼当成家呢？他要是不喜欢这儿而被迫住在这儿呢？他要是在等像祥弟这样的人去救他呢？那祥弟就没做什么错事。祥弟一边看着神庙外面做花环的老太太，一边想着。祥弟听不到她的声音，但是从她晃着头的样子来看，祥弟觉得她是在哼歌。老太太检查了一下刚做好的花环，又把花环往远处拿了一下，好像那是把皮尺一样。阳光照耀着，让花环上的金盏花更加色彩炫目。老太太把花环挂在摊位顶上的钉子上，揉了揉眼睛又睁开，然后开始做下一个花环。祥弟在想老太太为什么只穿一件朴素的白色纱丽，卖花女应该穿得和花一样绚丽才是。

祥弟手里拿着那瓶偷来的油，如果烟店老板发现了他怎么办？如果正赶上那老板到自己店后面小便怎么办？不会的，他应该不会留着店门开着没人管的。

从等待的地方，祥弟能看到桑迪和古蒂，他俩正站在庙门外，就在卖花环的老太太摊位旁边。桑迪没穿衬衫，古蒂手里拿着两个神像，不过没看到她的木盒子。也许她没拿出来，因为如果他们要跑的话，拿着木盒子不方便。

祥弟庆幸自己还没进过那座神庙，如果他以前曾经和甘尼夏神面对面的话，去偷东西会比现在还要觉得难堪。祥弟从那本《仙达玛玛》上看到过甘尼夏神的画像，还有关于他诞生的故事。有个孩子问过是不是真的有甘尼夏神存在，萨迪克夫人说很有可能是传说，但祥弟说没人能证明这一点。祥弟又接着解释说，甘尼夏神一定是位仁慈的、有同情心的神，他的大象耳朵大得能听得到来自印度最偏僻角落的民间疾苦，他多出来的两只手一次能帮助很多的人。而现在，祥弟要祈求甘尼夏神的宽恕。请把你的象鼻放在我头上保佑我，宽恕我偷东西的罪过，我保证以后绝不再犯。

一辆顶上安着警报器的白色大使牌轿车在神庙门口的路上停了下来，还有一辆警车也一起开了过来。大使牌轿车的车门开了，一个穿着白衬衣的人走了出来，祥弟从那人周围的人们奉承的样子猜想那就是来做礼拜的政客本人。祥弟不记得那个政客的名字，不过这倒没什么。他突然害怕起来，没想到警察也会来。然后祥弟想起来桑迪跟他说的话，万一他被抓住了，就马上开始哭，然后把抓他的人领到艾玛跟前，说艾玛是他妈妈，他只想给艾玛和孩子买点吃的和药。桑迪告诉祥弟别担心，但祥弟还是很害怕。确实，一般人会给祥弟一巴掌，把他放走，可这回是警察。祥弟希望警察赶快离开，正在他这么想的时候，一个警探从警车里走了出来，摘下帽子放在仪表板上，跟着政客进了神庙。

政客的出现就意味着祥弟要开始往身上涂油了，他打开油瓶的盖子，往颤抖的手心里倒了点油。祥弟真希望刚才没看到警车，他不知道桑迪清不清楚警车总是跟在政客的车后面护送，也许桑迪成心没告诉祥弟这事。

祥弟的手上黏糊糊地沾满了油，但是忘了脱背心了，他好歹凑合着把背心脱下来放在地上。有一会儿他在想要不要把脖子上的白布也取下来，不过还是决定不取了，他自己下过决心，只有找到爸爸以后才解下白布。

祥弟开始往胸口上抹油，他一边把手里的油在身上平推开，一边看着对面的窗户，虽说他觉得没人会在意他往身上抹油这事。祥弟发现往背上抹油挺难的，他试着抹了上去。让祥弟感到安慰的是，这两天他都没怎么吃东西，变得更瘦了。之前的恐惧又回来了：他真的能钻过栏杆吗？如果警察拿警棍从前面给他一下，他的肋骨就断掉了。

祥弟往上瞅了一眼，那个警探已经不见了，他赶快转过身，万一那个警察觉察出祥弟可疑，偷偷走到他后面准备把他带走怎么办？他可脱不了干系。这时候他真希望跟桑迪换换。

政客已经进了神庙，警探又重新从祥弟的视线里出现了，他就站在神庙外面，离桑迪只有几米远。祥弟突然放下心来，桑迪这回肯定得放弃计划了。桑迪看到那个警察，会觉得这么洗劫神庙很蠢，然后离开神庙。他们会另找法子赚钱，可能这得花一段时间，不过他们有头脑，肯定能找到办法救艾玛的孩子，最后一起离开这座城市。

起码有十个人跟着政客进了神庙，桑迪和古蒂还在神庙窗户外面站着，他们好像并不在意那个警察的出现。祥弟从比迪烟店后面出来，朝桑迪和古蒂走过去。祥弟的前胸和后背上都抹了油，不过这回没什么关系了，他看到桑迪发现了他，一脸惊讶的表情。古蒂朝他这边走了几步，而桑迪还是背着手站在原地。祥弟知道古蒂肯定又会叫他胆小鬼，他难为情地低下头，马上又决定抬起头来看着古蒂。祥弟鼓起勇气抬起了头，古蒂朝他这边快步走来。

就在那一瞬，一股巨大的力量把祥弟掀倒在地上，大块大块的水泥块从天而降。祥弟抱着头在地上趴着，过了几秒钟，他抬起头，眼前一片黑烟，他抹了油的身子上沾满了白色的尘土。祥弟在找古蒂，他意识到自己是站着的。神庙的窗户被炸成一个大洞，栅栏也不见了。祥弟听不到周围的响动，他看到地上有堆东西的时候尖叫了一声，可他连自己的叫声都听不到。那是桑迪，脸朝下趴着，背被炸开了。祥弟跌跌撞撞地向桑迪跑过去，可他的脚不听使唤，他摔在了地上。祥弟还是什么也听不到，他往前爬着，爬到桑迪跟前，把他的头转过来，桑迪的嘴里淌着血。祥弟把桑迪的头放下来，这回他的听力恢复了一点，他听到几声压抑的呻吟，他轻轻地叫：“古蒂，古蒂。”祥弟站起来往四周看，他朝着呻吟的地方走去，踩到了一个人的尸体，又恐慌地挪开步子，直到被一大块水泥板挡住。一座神庙里的铜钟倒在水泥板旁边，街上散落着鞋子和拖鞋，祥弟还是找不到古蒂。街上横着一条胳膊，手腕上还戴着表。然后祥弟看到一个穿着棕色裙子的身影，正往远处的神庙方向爬去，祥弟走过去握住她的手腕，把她吓得尖叫起来。祥弟说：“是我，是我。”可当她抬起头来的时候，祥弟发现不是古蒂，而是一个成年妇女，他松开手，那个女人爬走了。祥弟身边有个人痛苦地扭动着，大块的碎玻璃扎在那个人的脖子和肚子上。祥弟开始咳嗽，他捂住嘴，不让尘土钻进肺里去。祥弟快要支持不住的时候，看到一只自行车轮子，一只手放在轮子上，手腕上戴着一个橘红色手镯。尽管双腿快要崩溃了，祥弟还是朝那只手的主人冲过去，轻轻地扶起她的头。

古蒂的鼻子正在流着血，前额上有个大口子。祥弟往周围看，想找人帮忙，可周围都是惨叫声。祥弟摇晃着古蒂，叫着她的名字，可古蒂还是没有反应。血从古蒂鼻子流到了嘴上，祥弟得立即把她送到门诊部去。祥弟想把古蒂扛起来，可是她太重了，祥弟只好拽着她的胳膊。也许不该这样，万一胳膊拽断了怎么办？祥弟弯下腰，用尽全身力气把古蒂背到肩上。他在找门诊部的大门，三个人向他跑过来，却从他身边跑了过去，就好像他不存在一样。他们朝那辆白色大使牌轿车跑去，那辆车正在熊熊燃烧，而警车翻倒在地上。

祥弟到了门诊部门前，但是门紧关着。他小心地把古蒂放在门诊部的台阶上，重重地敲着门。祥弟想大声呼救，可又喊不出来，他越敲越重。医生怎么还不来开门？他使劲踢着门，最后终于喊出声来，但那不是一句话，而是号叫。他又开始用拳头砸门，直到手上皮开肉绽。祥弟看着周围，他突然明白了：没人能帮他，他无助地坐了下来。祥弟在门诊部台阶上坐了一会儿，好像什么事情都没有发生，只是盯着神庙的废墟。两只流浪狗在他身边，四周的空气令人窒息。祥弟没有看古蒂，对于他来说，看着流浪狗更容易些，那两条狗安安静静的。

最后，祥弟开始行动了，他用手把古蒂脸上的血擦干净。四周的空气还是烟雾弥漫，祥弟从一片混沌中似乎看到桑迪脸朝下趴在地上，他马上强迫自己转过头去。祥弟又看到了另一具尸体，是那个做花环的老太太。她躺在地上，身上盖着金盏花和百合花，白色的纱丽被血染成了红色。

古蒂还活着，祥弟对自己说，她不能死。祥弟知道去洗劫神庙准没好事，他看着古蒂额头上的大口子，跟穆那的伤口有点像。这么想着，祥弟站了起来，只有一个人能帮古蒂。

如果达兹治好了穆那，那么他也能治好古蒂的伤。

阿南德·拜依的院子离得并不远，祥弟对自己说，我能过得去。他从门诊部台阶上跳下来往前跑，跑得比从孤儿院逃出来的时候还要快，就像他刚偷了庙里的钱一样，不过这次是比钱更宝贵的东西。可是尽管祥弟从没有跑得这么快过，他的视线还是开始模糊起来，身边的店铺在旋转，膝盖也垮了下来，他在一瞬间扑倒在地上。祥弟最后看到的东西是天空——午后黑沉沉的天空。

祥弟恢复知觉的时候，心里满是恐惧，不过他马上就想起来自己为什么害怕。一个老头伸过手来，祥弟抓住他的手站了起来。看到周围的商店不再旋转，祥弟开始快步往前走。很快他又开始跑起来，他白乎乎的身子又一次在街上穿梭。祥弟不知道他走对了方向没有，直到当他看到那家开着空调的普什帕服装店和咖啡馆的时候，他才放下心来。在远处，祥弟看到了他们晚上在底下睡觉的那棵树，人们从寺庙那边跑过来，从他身边经过。一个开药店的人重重地关上卷闸门，祥弟听到了救护车的鸣笛声，他又担心起来。

祥弟感到一阵窒息，他很惊讶地发现自己只跑了一小段距离，祥弟突然发现自己嘴里进了东西，然后意识到鼻孔被沙子堵住了。祥弟不知道该怎么办，他不能停下来，于是他对自己说，奔跑的时候用不着空气，需要的是快速的步伐。

祥弟从他们住处的那棵树前面那条路穿过去，经过那座烧毁的房子，来到了操场上。他惊奇地看到操场上那些穿着白衬衣、咔叽色短裤的男孩和头上扎着蓝色发带的女孩，孩子们也在跑着，他们在玩一种叫萨克利的游戏，手拉手排成一排，试着去抓一个往外躲的男孩。好像他们并不知道发生了爆炸，祥弟从他们中间跑过去的时候，游戏暂停了一下。

很快祥弟来到了阿南德·拜依的院子，他朝达兹的房间冲过去，敲打着门。没有反应他就继续敲，门突然开了，是阿南德·拜依。祥弟不知道该说什么，他没想到开门的会是阿南德·拜依。阿南德·拜依光着上身，胸前都是毛。

“靠，谁啊这是？”他问道，然后他看到了祥弟。

“是我，祥弟……”

祥弟意识到阿南德·拜依肯定不认识他了，他浑身上下都是白灰，眼睛也被糊在一起了，他很快地眨着眼，用手指头使劲揉着。“我是桑迪的朋友。”祥弟解释说。

“你想干吗？”

“庙那边发生爆炸了。”祥弟说。

“我知道了，现在你出去。”

祥弟听到屋里传来痛苦的呻吟声，他又转向阿南德·拜依。

“古蒂受伤了，”祥弟说，“请救救她吧。”

“人人都受伤了，”阿南德·拜依说，“出去！”

“请让达兹……”

阿南德·拜依砰的一声关上门，祥弟简直不敢相信。他胸口一起一伏地喘着气，然后发现胸前沾着血迹，一定是古蒂的血，也许他不该把古蒂一个人留在那儿。万一有人把古蒂当成尸体，然后把她抬走了怎么办？如果桑迪在的话，就能找到法子救古蒂。祥弟一定要找到达兹，也许达兹是个好人，能可怜可怜祥弟。祥弟又鼓起勇气开始敲门，他害怕阿南德·拜依像对穆那一样拿刀子捅他，但是古蒂的生命值得冒任何风险。这回祥弟知道他得引起阿南德·拜依的注意，这样他才能把门开的时间长一些，然后达兹才可能注意到祥弟。可是到底该说些什么呢？

阿南德·拜依再次开了门。

“我跟你说了，走开！”

“我有点事汇报。”祥弟说。

“什么事？”

祥弟还没来得及考虑，嘴里就直接蹦出了一个名字：“达巴。”

“达巴怎么了？”

“达巴死了，他吃了老鼠药。”

“他自杀了？”

“我亲眼看到的。”

“然后呢？”

“达巴告诉了我一个秘密。”

阿南德·拜依站着不动，他一只手撑着门，盯着祥弟。

“达巴告诉了我珠宝商的秘密。”祥弟在回忆珠宝店的名字，可是想不起来了，“珠宝商要卖掉那家店，我知道他要把珠宝搬走的确切时间。”

“听着，祥弟，你要是撒谎的话，我现在就在这儿掐死你。”

阿南德·拜依逼近祥弟，他的胡子上粘着两粒米，好像是吃饭特别急，或者是没来得及吃完饭。

“求求你了，”祥弟恳求道，“让达兹救救古蒂吧，我把这些都告诉你。”

“先告诉我达巴说什么了。”

“达巴说那个珠宝商明天要转移珠宝。”

“什么时间？”

“你先救古蒂，然后我告诉你时间。”

阿南德·拜依狠狠抽了祥弟一个耳光，打得祥弟耳朵嗡嗡作响，好像那嗡嗡的声音要往脑子里钻一样。

“没人能跟我谈条件，明白吗？”阿南德·拜依厉声说。

“古蒂怎么了？”一个女人的声音传来。

声音是从达兹的房间那边传过来的，一个老太太扶着门问。她脸上像皮革一样满是皱纹，眼睛眯成了一条缝。

“回去吧。”阿南德·拜依对她说。

“古蒂怎么了？”她又问了一遍。

“她的伤很重，”祥弟说，“如果你不救救她，她会死的，发生了爆炸……”

“知道了。”她说，“阿南德，去把古蒂带回来。”

“你还要让我拯救世界吗？”阿南德·拜依嚷道，“你自己的儿子还在屋子里流着血呢，你为什么不去照顾他？”

“那温会好的，有人照顾他呢。你把古蒂带回来。”

“你为啥这么关心古蒂？”

“阿南德，把她带回来，马上。”

阿南德·拜依进了达兹的房间，回来的时候手里拿着一件白衬衣。

“你有妈妈吗？”阿南德·拜依问祥弟。

“没有。”祥弟说。

“很好。”阿南德·拜依说这话的时候，眼睛看着那个老太太。然后他转过身来对祥弟说：“回头再跟你算账，咱们去找古蒂。”

“可是达兹……”

“达兹在照顾我弟弟。你到底想不想救古蒂？”

“我们得跑快点。”祥弟说。

“不用跑。”

阿南德·拜依从黑裤兜里掏出汽车钥匙，穿上白衬衣，不过没扣扣子。他们往达兹房后停着的那辆白色轿车走去，阿南德·拜依并不着急，祥弟忍着气看着地面，发现就在达兹的窗户下面的一小块地上种着西红柿和黄瓜。祥弟强迫自己深呼吸，然后伸出手去开车门，车门锁着。

“快点！”祥弟终于爆发了，“她会死的！”

“如果她命中注定要死，那也没办法。我要先告诉你点事，如果你在达巴的事情上撒谎……”

“我没撒谎，”祥弟说，“我发誓。”他这辈子第一次觉得撒谎不是件坏事，尽管一想到万一被阿南德·拜依知道真相会怎么样的时候，他的胃就开始抽搐。

阿南德·拜依发动了车，打开了后座车门。祥弟钻进车里，还没来得及关上车门，车就蹿了出去。他们在院子后面的那条路上飞快地行驶着，掠过一个推车卖菜的。阿南德·拜依朝左转弯，他右手放在方向盘上，左手一直在按着喇叭，让喇叭像警笛一样响着。不过没有必要这样做，街上已经空了，炸弹把人们吓得都躲回家去了。祥弟放下心来，“坚持住，古蒂，坚持住。”他喃喃地说，也不在乎阿南德·拜依听不听得到。

阿南德·拜依在裤子上蹭了蹭手，扫了祥弟一眼，意识到了祥弟身上的油，然后又重新看着路。他们经过了咖啡馆，祥弟吃惊地发现大部分公寓楼的窗户都被震碎了，一辆救护车在神庙外面停着，还停着三辆警车。阿南德·拜依把车停了下来。

“下车吧，”他说，“不能再往前走了。”

祥弟和阿南德·拜依从救护车跟前跑过，两个人用担架抬着一具尸体，是一个中年男人，穿着白衬衣和白色的裤子，皮肤蜡黄蜡黄的，眼睛紧闭。两个抬担架的把尸体往救护车上一倒，又跑回去抬尸体去了。

祥弟他们这回走近了神庙，祥弟看到了卖花老太太的尸体。她还在地上躺着，血溅在神庙对面的墙上。到处都是碎玻璃，四面传来痛苦的呻吟声。

古蒂还躺在刚才的地方，在门诊部的台阶上一动不动。阿南德·拜依把手放在她鼻子下面。

“她还活着。”他说。

祥弟第一次对阿南德·拜依嘴里说出来的话充满感激之情，都快忘了恐惧了。

阿南德·拜依把古蒂扛到肩上，朝车那边走。

“桑迪也在这儿。”祥弟说。

“啊？桑迪也在？靠……他受伤了吗？”

他向桑迪躺着的地方走去，经过一个小男孩，比祥弟小几岁，被一大块水泥压在下面了。有三个人，其中还有个警察，正在使劲想把水泥块抬起来，那个小孩昏过去了。

祥弟看到了桑迪被炸开的背。

“他死了。”身后的阿南德·拜依说。

“我不能把他丢在这儿。”祥弟说。

“没用的，他完了。”

“我们得把他也带上。”

“我可不想在尸体上浪费时间。”

阿南德·拜依扛着古蒂朝救护车跑过去，祥弟低下头看着桑迪，就像桑迪在搞恶作剧一样，他在自己背上涂上红颜色，搞得好像开了个大口子。祥弟往四周看看，想找个人帮他把桑迪抬过去，可是找不到人。他不想到救护车那儿去找人，他觉得那些人不管救命的事，他们只管抬尸体。

祥弟拽着桑迪的胳膊拖着走，桑迪的脖子耷拉着，脸都要碰到地了。祥弟不敢看桑迪的脸，桑迪的牙从嘴里掉了出来。

“我跟你说过别管他了。”阿南德·拜依说。

祥弟还是拖着桑迪的尸体往前走，直到他再也抓不住桑迪，桑迪的尸体砰的一声掉到地上。祥弟又去拽住桑迪的手腕。

阿南德·拜依过来一把将桑迪举起来扛到肩上，救护车那边的人朝这边瞅了一眼，然后又回去抬尸体了。一个警察也看到了阿南德·拜依，不过他也没什么反应。阿南德·拜依在救护车后面拍了两下，要车让开路。他们的车门开着，古蒂躺在后座上。阿南德·拜依把桑迪扔在后座地板上，祥弟不知道这会不会摔断桑迪的骨头，他也没办法让自己承认，其实这一点已经不重要了。

祥弟的鼻孔被尘土弄得痒痒，他使劲打了个喷嚏。街上还是空荡荡的，就像大清早一样。大部分店铺都关门了，没几个人在街上走，也没什么人从窗户张望。

祥弟不知道自己为什么没有要哭的感觉，他还是觉得就像个游戏一样，那些红颜色，还有桑迪和古蒂，他们像雕像一样待着，假装已经死了。

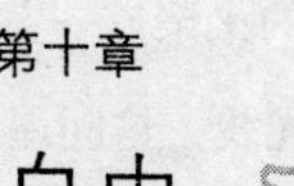

第十章

自由 Freedom

桑迪变成了一千片灰色的碎片，在太阳底下闪着光，从铁道上掠过。祥弟想，那些骨灰就像小鸟一样，每一片都承载着桑迪的一部分。他的笑，他歪歪扭扭的牙齿，他带着口气的嘴，他深深的疤痕，他的瘸腿，他揽着祥弟肩膀的胳膊，他在妹妹耳边的笑声。

祥弟睁大眼睛来适应屋子里面的黑暗。灰色的水泥墙让这间屋子看起来更小了，屋角有个木门，里面是洗手间，门开着一点缝，祥弟看见洗手间地上有个红色的桶。屋子的一边有个厨房水槽，像是石头做的，又旧又粗糙。厨房水槽的上面，伸出来几层水泥架子，祥弟看到一层架子上摆着袋大米。大米放得一点都不稳，祥弟觉得它肯定得掉在下面的小木桌上。桌子上有包金牌香烟，旁边是一盒半开的火柴。一盏日光灯一亮一灭地闪着，在古蒂身上投射出奇异的光线，这间屋里几乎没什么阳光。

古蒂躺在地上一动不动，达兹蹲在那儿，用一块白布盖在古蒂额头的伤口上止血。地上已经有了点血迹，不过祥弟知道那不是古蒂的血，很有可能是阿南德·拜依的弟弟那温流的。祥弟不知道那温去哪儿了，他不久前还在这间屋子里，还听到他呻吟来着。

达兹看起来像是上了年纪，可他却能很轻易地蹲在那里，他眉毛稀疏，前额突起，白发向后梳得油光光的。达兹给了祥弟一个大大的微笑，祥弟也朝他微笑，不过祥弟突然看到在古蒂身边的地上，放着一块白纱布，上面是剪刀和针线。达兹一只手还放在古蒂的伤口上，另一只手把围腰布往上抻了抻，在右腿上挠了几下。天气很热，达兹已经把背心撩上去半截，跟阿南德·拜依一样，他也长着很多汗毛。

“老太太呢？”阿南德·拜依问。他把白衬衣脱下来擦着脸，然后把衬衣往墙角一扔，正好落在一双皮凉鞋边上。

“她把那温送回他自己房间了。”达兹说。

“那温还好吗？”阿南德·拜依问。

“过两三天就好了。”

“我要让那些浑蛋付出代价。”

“知道了。”达兹低声说，从古蒂额头上揭开那块布。血还在往外渗，达兹啧啧做声，把布又重新敷上。

“穆斯林做了这些坏事，”阿南德·拜依说，“他们要付出代价。”

“杀戮又能有什么用呢，阿南德？”

“要救一条命，就要拿一条命来换。除非把穆斯林赶出印度，否则印度人就安全不了。”

“那你是要把穆斯林都找出来杀了？”

“我要先找几个人，找他们的头头，然后带到那温跟前，问他是不是炸神庙的那个，或者是不是这儿的头子！”

“首先那温到神庙干什么？他怎么没去上班？”

“在电话公司工作才不叫上班，那是奴役，明白吗？不管怎么说吧，我是想让那温见见 Namdeo Girhe，向他致意，接受他的祝福，这样那温才能往上爬。”

“Namdeo Girhe 倒爬上去了，”达兹说，“不过去让他祝福总还是明智的。”

“为什么？”

“现在他死了，直通神灵了。”

“你就开玩笑吧，事实上，孟买就要陷入一片火光中了，等着瞧吧。”

“就算是穆斯林干的，也不过是一小撮人，”达兹说，“为什么要伤害其他人呢？我们跟穆斯林和睦相处很多年了，他们是我们的兄弟。只有一小撮人做了坏事，剩下的人是无辜的。”

“没有人是无辜的。”

“我今天差点失去一个儿子，别忘了这一点。为什么你没在庙里呢？为什么让你弟弟去？”

阿南德·拜依不吭声了，他往屋子四周看看，好像没听到达兹的话，他右手撑着门打了个嗝。老太太出现了，把阿南德·拜依的手挪开，进了屋子。

“跟你妈妈说说今天你怎么没去神庙。”达兹说。

老太太没看他们两个人，对于祥弟来说，老太太好像比达兹要老得多，她朝上看着一直闪着的日光灯管，好像很烦的样子。

“我们的儿子在跟拉妮那个婊子寻欢作乐，”达兹说，“所以他没去成，他倒勇敢地派他弟弟去了，而他弟弟有份正经工作。”

“那温会好的，”老太太说，“我让他待在他自己屋里，他已经睡了。现在告诉我古蒂怎么样了。”

“对，古蒂会好起来吗？”祥弟终于鼓起勇气问，自从进了这间屋子，他还没说过话。

“会好的，”达兹回答，“不过她还很虚弱。”

尽管祥弟听后松了口气，但他知道眼前还有更危险的事情。他得想好怎么跟阿南德·拜依说有关达巴的情况，还有艾玛怎么样了，怎么告诉她桑迪死了的事。她能明白祥弟的意思吗？祥弟想着这些，目光停在阿南德·拜依扔衬衣的那个角落里，那儿放着个木盒子，盒子上面写着“Om”的字样。

“你在看什么呢？”老太太问。

“那个盒子，”祥弟说，“是古蒂的吧？”

“对，”老太太说，“她今天早晨放在这儿的。”

达兹跟老太太很快地点了一下头，老太太就走到盒子那边的角落里，面朝墙坐在地上，还给祥弟做了个手势，让祥弟也过去坐在她身边。他们背对着达兹，可是祥弟又转过身去看达兹，发现达兹正在往针上穿线，他去拿一个瓶子，里面是无色的液体。达兹把纱布放在瓶口蘸了一点液体，把那块布在古蒂的鼻子下面放了几秒钟，然后开始给古蒂缝伤口。祥弟马上转过身去。

老太太打开了木盒子，祥弟又一次被各种颜色搞得眼花缭乱，但是这次他却没被那些神像感染。为什么这些神不保佑桑迪和古蒂？他还想起了耶稣，不知道为什么耶稣会让这一切发生，也许祥弟离开孤儿院里的耶稣是对的。

“我做了这些泥塑神像，”老太太说，“古蒂帮我卖，她想自己学着做。我希望……”

祥弟注意到老太太咬着嘴唇，他回过头去看古蒂，可是老太太把他的头转过来看着自己。

“她会活下来，对吧？”祥弟问。

“她当然会活下来，有那么多神在保佑她，她肯定会活下来。”老太太笑了，“看，这么多神，你都知道他们是谁吗？知道他们有什么法力吗？”

祥弟摇摇头，老太太从盒子里拿出来一尊神像。祥弟想，这个神像真小。老太太不应该用手拿着，应该用另一种方式，不过他没说出来。

“你知道这是谁吗？”老太太问。

祥弟又摇了摇头。

这位神仙一只手拿着把剑，另一只手拿着一枝莲花。她还有两只手，不过那两只手是空着的，什么也没拿。她的身上是黄色的，而手掌心是红色的。

“这是杜尔迦，”老太太说，“战无不胜的女神，她从来没有打过败仗。你想听我讲一个她的故事吗？”

祥弟想起了萨迪克夫人和萨迪克夫人给他们讲过的《仙达玛

玛》里的故事。

“不，”他坚决地说，“我不爱听故事。”

“那你记着，杜尔迦在保佑小古蒂，古蒂会得救的。”

老太太跟祥弟讲这些的时候，祥弟正心不在焉地挠痒痒。他油乎乎的身子上又是灰土又是血迹，搞得他很不舒服。

“对你来说洗个澡，吃点东西比神更重要，”老太太说，“干吗不去洗洗呢？那儿有洗手间。”

“不，跟我来。”阿南德·拜依出现在门口。

“就让他待在这儿吧。”老太太恳求。

“我已经救了那个女孩，你就别插手了。”

阿南德·拜依的语气很尖锐，老太太不跟他争了，她轻轻地推推祥弟的肩膀，祥弟站起来往门口走去。他为古蒂念了一段很短的祈祷，不过被阿南德·拜依打断了。

“到我房间里去吧。”他说

祥弟跟着阿南德·拜依走到院子里的时候，四下瞧了瞧。院子空荡荡的，那只山羊还在木桩上拴着，摇晃着脑袋，想把木桩从地里拔出来，不过它这么做是徒劳的。阿南德·拜依房间门上挂着的绿帘子一动不动，阿南德·拜依把手放在祥弟肩上，领着他进了房间。

这间屋子和达兹那间完全不一样。拉妮躺在床上看电视，她的头发梳成一个髻，祥弟和阿南德·拜依进来的时候，她正在摘下手腕上戴着的金镯子。电视里播放着黑白电影。

“关上电视。”阿南德·拜依说。

拉妮从床上起来，把电视关了。她看着阿南德·拜依，在等他吩咐。

“给我从穆格莱饭店买点鸡肉来，快点，阿卜杜尔应该已经做好了。”

拉妮离开房间的时候看了祥弟一眼，不过她什么也没说。祥弟发现她左胳膊上有一片片的乌青。

“不要油腻的。”阿南德·拜依说。

可是拉妮已经走了，绿色的门帘又重新静止了下来，就好像刚才拉妮没从那儿经过一样。

“你喜欢吃带油的饭吗？”阿南德·拜依问。

祥弟不知道该说什么好，他还从没想过这些。“不，”他最后说，“我不喜欢油。”

“那你为什么要把全身都抹上油呢？”

祥弟不吭声了。

“你身上为什么抹着油？”阿南德·拜依问。

“我……我不知道。”

“你怎么可能不知道？”

“我在玩……桑迪和我，我们在玩一个游戏。”

阿南德·拜依紧紧地抓住祥弟的肩膀：“你想偷什么东西？”

“没有……”

“一个人只有在想把身体变得很滑的时候，才会往身上抹油。你到底想从什么东西上面滑过？”

祥弟觉得很疼，阿南德·拜依在他的肩膀上使着劲。祥弟浑身生疼，盯着电视机的黑屏看，他半张着嘴，想叫、哭，发出任何声音，可最后还是痛苦地坐到地上。

“神庙……”祥弟呻吟着说。

阿南德·拜依松开手：“神庙？”

“桑迪出主意说去抢神庙的钱。”祥弟说。

祥弟说出这些话的时候，他对出卖自己的朋友感到害臊。他希望桑迪能原谅他，因为他实在没别的办法，只能跟阿南德·拜依说实话。

“我准备从神庙侧面的窗户钻进去，偷做礼拜的钱。请原谅我吧。”

“那达巴又是怎么回事？”

“达巴死了，这我可没说谎。”

“还有珠宝商。”

祥弟不知道该说什么，最好什么也别说。他没胆量看着阿南德·拜依，只能低下头看着灰色的石头地板。

“明白了。”阿南德·拜依说。

阿南德·拜依房间里的电话响了，他没去接，祥弟仍然低着头，身子发抖，等着头上狠狠挨一下。电话铃声响得让人心烦，阿南德·拜依还是没动。电话铃终于不响了，阿南德·拜依开始说话。

“你看到那个抽屉了吗？”阿南德·拜依问。

祥弟还是没抬头，阿南德·拜依用一根指头把祥弟的下巴轻轻挑起来。祥弟看着阿南德·拜依的胡子，那两粒米还在上面粘着呢。阿南德·拜依把祥弟的头往右边一个旧的木橱柜那儿转过去。

“把最上面的抽屉打开。”阿南德·拜依说。

祥弟想站起来，可两腿直发软。

“不要让我再重复一遍。”阿南德·拜依说。

祥弟想对阿南德·拜依说他没力气爬起来，不过他还是用双手支在地上把身子撑了起来。他从电视机前面经过，走到抽屉跟前。

“打开抽屉。”阿南德·拜依命令。

祥弟抓住生锈的铜把手往外拉。

“你会看到抽屉里有张地图。”阿南德·拜依说。

抽屉里只有一张地图，祥弟凑近一看，是张折起来的很大的地图，上面还有棕色的痕迹，看起来像茶水渍，“孟买”两个大字印在上面。

“地图下面还有点东西。”阿南德·拜依说。

祥弟把手放在地图上，他感觉出地图下面有什么硬东西，就拿起地图的一个角掀了起来。

是一把刀子，很像穆那偷的那把割肉刀。

祥弟回过头看着阿南德·拜依。

“把它拿过来。”

祥弟握住刀柄，他不喜欢那把刀拿在手里的感觉。刀柄看起来很旧，用得都磨光了。祥弟轻轻地拿着刀，让刀锋朝着地面，他离阿南德·拜依只有一尺远。

“把你的舌头割掉。”阿南德·拜依说。

祥弟没听明白阿南德·拜依的话。

“你对我撒了谎,”阿南德·拜依说,“所以把舌头拿出来割掉。”

阿南德·拜依的语气很随便，也没有什么憎恶的情绪，他把胳膊抱在胸前。

“我在等着呢，”阿南德·拜依说，“要么你自己割，要么我来割。问题是我比较追求完美，也就是说我会割得很慢，很稳，保证切口成一条直线，如果不直的话，我会重新来一次。”

“求求你了，阿南德·拜依，”祥弟乞求道，“对不起，为了救古蒂，我跟你撒谎了。”

“她已经得救了，但是你需要像穆那一样付出代价。还记得穆那吧？我发现了他拿着刀，就是你手里的这把，不过我没伤害他，直到他对我不恭敬，跟我顶嘴说自己不在乎警察。只有我能骂警察，别人都不行，所以一定要惩罚穆那。我也要惩罚你，因为你跟我撒谎。”

“求求你……”

“好，”阿南德·拜依说，“我来割，给我刀子。”他从祥弟手里拿过刀子，右手握着刀，左手放在祥弟肩上。

“别怕，”他说，“你还能听得到，听比说要更重要。”

祥弟想躲开，可是阿南德·拜依瞪着他，吓得他低下头。他知道这时候逃跑很傻，他还没跑到绿帘子跟前，阿南德·拜依的刀就插到他背上了。

“把舌头吐出来。”阿南德·拜依说。

“求你了……”祥弟合起双手乞求。

“快把舌头吐出来！”

阿南德·拜依的咆哮吓得祥弟颤抖了一下，他的舌头不由自主地从嘴里伸了出来。阿南德·拜依用指头掐住祥弟的舌尖。

“难怪你这么能撒谎，”他说，“舌头还挺长。别动，你动一下就把你的眼睛挖出来。现在我一下子就割下舌头，别怕，啊？数三下我就开始，深呼吸，一，二……”

祥弟发出了绝望的声音，他的舌头被拽着，没法说话。

“别出声，知道你现在不是哑巴。”阿南德·拜依说。

他在祥弟的舌头边上割了个小口子，血滴在刀锋上。

“你能感觉到吗？”他说，“我要开始割了。”

泪水涌出祥弟的眼睛，阿南德·拜依放开了他。

“对不起，”祥弟说，“放了我，我就……”

“你就怎么样？”阿南德·拜依问，“趁你现在还有舌头，说话。”

“我什么都可以给你干。”祥弟说。

“我让你把舌头割下来，这么简单的一件事，你都做不来。”

“别的无论什么事都行，我可以一辈子为你乞讨。”

“乞讨？谁在乎乞讨啊？”

“无论你要我做什么我都去做，我还能去偷。”

“还有呢？”

“我能去偷，我还能……你让我做什么我就做什么。”

“真的吗？”

“我发誓。”祥弟说。

阿南德·拜依用食指摸着刀锋，他的鼻子喷了几下，好像鼻孔在发痒。他把刀递给祥弟。

“把刀放回抽屉里去。”

祥弟走到抽屉那边，舌头上的伤口疼得厉害。电话铃又响了，拉妮从绿帘子外边走进来，手里拿着个白色的塑料袋。一想到吃东西，祥弟越发难受起来，舌头上的伤口会让吃东西又困难又痛苦。拉妮看到阿南德·拜依不吭声，就把塑料袋放在电视机顶上，接起电话。她的声音很轻，好像发觉了屋子里刚才发生的事情。

"我喜欢你，"阿南德·拜依对祥弟说，"你为了朋友去冒生命危险，我需要这样的人。"

祥弟觉得有点糊涂了。

"你也很聪明，"阿南德·拜依接着说，"我相信你说的关于达巴的话。不过如果我刚才真想的话，就把你的舌头割掉了。我没有那么做，是为了讨老太太的欢心，她这么大年纪为我操的心太多了。我救了古蒂，是想让她心情平静些。过些日子，我要去取很多人的性命，老天作证，我救了一个小女孩的命。这就是我为什么要这么做，不管怎么说，我喜欢你。"

祥弟没明白为什么阿南德·拜依现在又喜欢他了，就在几分钟以前，他还要把自己的舌头割下来。

"我们吃东西吧，"阿南德·拜依说，"拉妮，把电话挂掉。"

拉妮点点头，跟电话那边轻声说再见，挂上电话。

"你爱吃鸡肉吗？"阿南德·拜依问祥弟，"这是穆格莱菜，世界上最好吃的菜，不过很辣。跟阿卜杜尔说了多少次了，他都不听。不好意思把你的舌头割破了，会很疼，不过你是个坚强的孩子。"

祥弟突然又害怕起来，阿南德·拜依和蔼的时候好像更可怕。

"你要把我怎么样？"祥弟问。

"现在？不怎么样啊，"阿南德·拜依说，"现在吃东西。"

祥弟在阿南德·拜依房间的地板上睡了，膝盖蜷在胸前，嘴巴微微张着。每次他舌头上的伤口开始疼的时候，他就睁一下眼睛，又很快地闭上，试着睡觉。祥弟就这样一会儿睡一会儿醒地折腾几个小时了。

“起来，”阿南德·拜依说，“到时间了。”

祥弟迷迷糊糊地看了看房间，日光灯开着，阿南德·拜依的床也收拾好了。拉妮不见了，祥弟往窗外看了一眼，天黑了。

“去洗个澡，”阿南德·拜依说，“我把车都洗了，我可不想让你再把座位弄脏了。”

祥弟一声不吭起来走进洗手间，他关上门，迈过一堵矮墙，墙那边是洗浴的地方。他脱下短裤的时候，一片三角梅的花瓣从兜里掉了出来，已经干枯了，祥弟让它待在地上没管它。他没把脖子上的白布解下来，把它也浇湿，这样能一直让自己凉快些。

祥弟抓起一块漂在铁桶里的白色塑料布，把塑料布浸在水里，然后张大嘴。水倒进嘴里经过舌头上的伤口的时候，祥弟疼得做了个鬼脸，然后他又兜了一点水浇在头上。这是他离开孤儿院以来第一次洗澡。祥弟往周围看看，想找香皂，然后看到一只浅蓝色的香皂盒，他也不想去问阿南德·拜依能不能用，就把香皂抹在身上搓着，把尘土和脏东西慢慢都搓下来。

祥弟洗澡的时候，想起了古蒂。达兹和老太太都是好人，他们会照顾她的，祥弟这样安慰自己。

一会儿，祥弟就洗干净了。浴室里没有毛巾，祥弟看到窗台上有一块橘红色的餐巾，就拿它来擦。祥弟没有擦头发，他想象着古蒂在达兹房间里边走边笑。我走进房间的时候，她已经能站起来了，祥弟对自己说。祥弟穿上短裤，走出浴室，他还得跟阿南德·拜依要件衬衣，因为他没背心穿了，他试着不再去想让自己脱下背心的缘由。

“你的肋骨怎么了？”阿南德·拜依问，“看着像刀子一样。”

祥弟没说话，尽管他想告诉阿南德·拜依那不是肋骨，而是长牙，总有一天会去对付像他一样的坏人。萨迪克夫人是唯一没有让他觉察到自己是皮包骨头的人，她总是说祥弟长大了就壮实了。祥弟突然感到一阵刺痛，他想念萨迪克夫人了。

“你能不能给我一件衬衣穿？”祥弟问。

“你自己的衬衣呢？”

祥弟不说话了，阿南德·拜依走到放刀的橱柜前，打开了底下的那个抽屉，拿出一件白T恤扔给祥弟。

“我穿这件T恤打板球，”阿南德·拜依说，“我喜欢印度队，这是支出色的队伍，可你还是不能完全信任它。它有时候打得很精彩，有时候又输得一败涂地。”

祥弟觉得很奇怪，虽然他跟阿南德·拜依毫无相像之处，他俩却喜欢同一种运动。祥弟还没见过他想象中的孟买街头板球赛，连红色的板球都没见到过。

祥弟穿上T恤，T恤太大了，袖子都快到手腕上了。祥弟把

T恤掖进短裤里，上面肥出来一大块，他也不在乎，只是希望再有条干净短裤。

“我想去看看古蒂。”祥弟说。

“现在不行，她还睡着呢。”

“可是……”

“达兹和老太太也在休息，我们不能去打扰他们。”

为什么阿南德·拜依不管达兹和老太太叫爸爸和妈妈呢？他父母都健在，却不叫他们。

阿南德·拜依在门口等祥弟，绿帘子卷到一边。祥弟在想现在几点了，他看到院子里其他的屋子大部分都关着门，达兹房门下面放着盏油灯，门也是关着的。

他们走近小汽车，祥弟突然觉得一阵难受，他不想坐车。阿南德·拜依给他打开车门，但是祥弟停住了，看着黑糊糊的院子。在孤儿院，祥弟有三角梅来安慰他，即便是在晚上，他也能用想象来点亮那些三角梅，之前的恐惧或者难受就会减轻。祥弟多么希望在院子里也能这样，可是他能看到的只有达兹窗户下面长着的西红柿和黄瓜。它们没法让祥弟感到安慰。

阿南德·拜依拍了一下车窗，祥弟钻进汽车，不过没有看后座，他一直看着前方，什么也没说。汽车发动了，前灯照着那些西红柿和黄瓜。它们好像很怕光，祥弟想。西红柿的红颜色让他想起了血，为什么上帝要把血和鲜花蔬菜造成同一种颜色呢？

院子后面的巷子里没有路灯，所以只有汽车前灯照着路。路上坑坑洼洼的，还飘着几个塑料袋，有人在路上安一个吊床，用衬衣当枕头。汽车驶上祥弟不熟悉的一段路的时候，祥弟闭上了眼睛，他对周围的环境不感兴趣，他还想把耳朵也塞住，因为他听到汽车后座传来了桑迪的呼吸声。祥弟回过头看着后座——他又在胡思乱想了。

“你的朋友在后备厢。”阿南德·拜依说。

祥弟又闭上眼睛，汽车加速前进，只是在汽车慢下来的时候才睁开眼睛，汽车开进一条小道，两旁种着树。小路通向一大片空地，汽车在那儿停了下来。

祥弟和阿南德·拜依下了车，祥弟看着夜空，他在想桑迪是已经在天上了，还是仍然在躯体里。不过桑迪是那么渴望奔跑，如果他不是非得在身体里面的话，是不会留守的。

阿南德·拜依打开了后备厢，他看着祥弟，祥弟明白他得帮阿南德·拜依把尸体抬出来。祥弟不想看到桑迪的脸，他知道自己永远忘不了桑迪最后的样子：桑迪的牙从嘴里掉出来，落在水泥地上。

看到桑迪的身上盖着一块白布，祥弟放心了。阿南德·拜依抬着尸体的一头，祥弟抬着另一头，阿南德·拜依腾出一只手很快关上了后备厢。

祥弟在那片空地上看到了很多铁皮顶的小屋，每个屋顶下面都有一大块水泥板，水泥板上是火葬用的圆木。同时燃起了七八堆火，小屋边上有个水龙头，一个老头正在水龙头底下洗手，然后用衬衣的衣襟擦了擦手和脸。男人们穿着白色的衣服，聚集到死者身边，女人们坐在远离柴堆的凳子上。一个少妇的哭声穿透了烟雾，一个穿着乳白色纱丽的老太太抚摩着她的背安慰她，可是好像无济于事，少妇的哭声和木头燃烧的声音混杂在了一起。一群男人抬着一副担架走过祥弟身边，担架上有一具尸体。他们一句话都没有说，只是加入到从几间屋里传出的啜泣中。这让祥弟想到了一件事：他怎么跟古蒂说桑迪死的事情呢？他知道古蒂是个勇敢的女孩，可是她怎么能承受这样悲伤的消息呢？而祥弟最害怕的是她不会有哭声了，如果古蒂也闭上眼睛不再醒来怎么办？

阿南德·拜依领着祥弟到了一个小屋跟前，旁边是一个火葬柴堆，整齐地堆着木头。人们把尸体放在地上，祥弟不想去拿掉桑迪身上裹着的布。

可是阿南德·拜依一把掀开了那块布。

祥弟强迫自己看着桑迪，桑迪的脸比祥弟记忆中的还要惨。

一个人朝他们走过来，祥弟认出他应该是个僧侣，因为他前额上点着一个红点。有个男孩，可能比祥弟大两三岁，跟在那个僧侣后面。阿南德·拜依扛起桑迪的尸体放在木头上，圆木摆得整整齐齐的，上面浇了油。祥弟看着桑迪满是血污的尸体，他在想要不要把带着三滴血迹的白布也和桑迪的尸体一起烧掉，就在此时，就在这里。可他对自己说，没用的，我傻到觉得这块布能带着我找到爸爸，看看现在都发生了什么。

僧侣开始念祈祷词，可是阿南德·拜依打断了他，然后他往桑迪的尸体上洒了点液体。男孩手里拿着火把，看了看阿南德·拜依，阿南德·拜依回头看着祥弟。黄色的火苗在风中摇动，僧侣在尸体上摆了几根小圆木，桑迪的脸被挡住了。祥弟想把木头拿开，他想最后看一眼桑迪，在他耳边说句话。如果桑迪能够选择的话，他也许会喜欢嘴里再叼支比迪烟。

男孩把火把递给祥弟。

祥弟想说几句祈祷的话，可是当他想到上帝或者天堂的时候，眼前就出现了爆炸瞬间神庙的大洞。

祥弟用火把点着了桑迪的脚。

他不忍心去点桑迪的头。

让祥弟气愤的是，阿南德·拜依在看着桑迪被火吞没，真该颠倒一下才是。

祥弟听着身边的人们在葬礼的火堆前哭泣，他在想为什么自己没有哭，要是桑迪在看着他呢？桑迪会觉得奇怪，祥弟怎么跟阿南德·拜依一样麻木不仁，无动于衷？祥弟不知道该做什么，就放下火把，默默地看着火焰吞没了桑迪的尸体。

一小时以后，祥弟站在了达兹房间门外，那块白布不在他脖子上围着了，而是变成了一个小包裹。祥弟在葬礼现场摘下了白布，现在里面裹着桑迪的骨灰。

祥弟轻轻敲着门，阿南德·拜依不让他找达兹的，可祥弟已经不在乎了。他往阿南德·拜依的房间那边看了看，灯关了，阿南德·拜依肯定已经睡了。祥弟正想再敲得重一点，老太太开了门，她什么也没说，就让祥弟进去。

达兹在地上睡着，打着鼾，他仰面躺着，手放在肚子上。老太太回到达兹身边躺下，祥弟在想阿南德·拜依为什么不给他父母一张床睡，不过也许他们像萨迪克夫人一样，更喜欢睡在坚硬的地面上。

祥弟走近在房间暗处的古蒂，把白包裹放在地板上。古蒂也和达兹一个姿势躺在地板上，她的头上缠着纱布，祥弟弯下腰的时候，能感觉到她轻微的呼吸声。祥弟又想到了该如何告诉古蒂桑迪的死讯，也许她已经知道了，该跟她说什么呢？到底该怎么讲？

你哥哥死了。

桑迪死了。

桑迪没能活下来。

桑迪。

对，他只需这么说，只要说出她哥哥的名字，古蒂就明白了。

祥弟把古蒂的手放在自己手心里，急切地盼望她醒过来，他知道古蒂能好好休息更好，可是得马上告诉古蒂她哥哥的死讯，因为自己再也没法一个人承受了。不是因为祥弟感受了太多悲伤，而是他一再对自己表现出的悲伤太少而惊讶。桑迪对我来说就像兄弟一样，祥弟想，本来那是需要时间的。

祥弟想到这儿的时候，古蒂醒了。也许古蒂猜透了祥弟的想法，又有可能桑迪已经跟她说了，告诉她自己最后到了他们的家乡，只是和最初预想的有点不一样，不过那毫无疑问确实是他们的家乡，因为桑迪认出了家乡里的一些人，当然他也认识村长，而且马上要去见他。桑迪一点也不怕去见村长，因为他这辈子在孟买街头能够允许的范围里，过得清清白白，村长肯定会理解的。

祥弟把手放在古蒂额头上，古蒂看着他什么也没说，三个想法突然在祥弟脑海里闪现：希望她没有瞎，希望她没有聋，希望她没变哑。祥弟知道这几种情况都可能发生，因为他完全没有付出代价，而总是有人要承受不公平的境遇。

但是古蒂看着祥弟的眼睛，祥弟的第一个怀疑打消了。他想说些什么，这样古蒂回答的时候，第二个和第三个担心也会消失，可祥弟不知道该说什么。他可以对古蒂说有个炸弹爆炸了，或者那个政客被炸死了，又或者阿南德·拜依发誓要报复——祥弟可以跟古蒂说这些，可古蒂根本不会在乎。

这时古蒂张开嘴轻轻地说："桑迪。"

现在祥弟知道自己没必要去解释了，因为他的手已经出卖了他，听到桑迪的名字，就一下子攥紧了古蒂的手。之前那种悲伤的感觉又像烈火一样回来了，祥弟能感觉浑身在发烧，尤其是他的脸。祥弟觉得很惭愧，他在发抖，而古蒂却很平静地看着他。过了一会儿，古蒂开始浑身颤抖，把祥弟的手抓得更紧，就好像痛苦如炸弹一般在体内爆炸了一样。

、

第二天早晨，祥弟和古蒂一起走着去了格兰特路桥。尽管古蒂虚弱得连离开屋子都很难，祥弟还是跟她解释说他们要去完成桑迪的梦想，祥弟只说了这些。

他们在爬上通往那座桥的台阶的时候，祥弟感觉到古蒂在担心艾玛，祥弟去棚子找过艾玛，可是她不在。祥弟想象着艾玛在街上漫无目的地乱逛，怀里抱着个孩子，却还不知道自己的儿子已经死了。

祥弟想起了他跟古蒂一起坐马车的那个晚上，那是他唯一一次感受到幸福的时刻，他感谢那种感觉。祥弟的注意力又回到了手里拿着的白布包裹上，生命是多么奇特，他想，我曾经被这块白布裹着，而现在里面裹着我的朋友。

他们爬上最后一个台阶，到了桥上。古蒂靠在祥弟身上，这段路虽然很短，却也让她感到疲劳。时间还很早，所以桥上人挺少，不过有几个街头小贩在火车站入口旁边布置着他们的临时摊位。一个卖酸橙汁的人在洗杯子，一个卖梳子、镜子和小日记簿的人在地上铺着一块蓝色塑料布，把他的东西放在上面，还有两个卖旅行包和衣服的女人也在这么做。

古蒂还发着烧，她在发抖。她身上裹着一件条纹披肩，老太太把披肩给古蒂披着挡风，达兹说因为缝了针，所以是会发烧的，不用担心。

乘客们过了马路等公共汽车，一列本地火车在桥下隆隆驶过，祥弟看到铁道沿路的楼房里，几张面孔从窗户向外张望。乌鸦停在铁道上方的电线上。

祥弟和古蒂站在桥中间，靠着一堵暗色的石墙。一个人在墙边小便，不过他很快拉上拉链，过了马路。祥弟往下看着铁道，一个小男孩把一个空椰子壳放在铁道上，等着火车过来碾碎它。前面稍远的地方，一个人沿着铁轨蹒跚地走着，手里抓着一只瓶子。火车的声音逐渐远去，祥弟可以说话了，不过古蒂先开口了。

“我待得时间不能很长，”她说，“我身子很虚。”

“我知道。”祥弟轻轻地回答。

祥弟把白布包裹放在桥栏杆上。

“你知道你哥哥的梦想是什么吗？”他问。

“很多，”古蒂说，“我们都梦想回到我们的家乡。”

“还有呢？他有什么秘密的想法吗？”

“不知道，”古蒂说，“我累了。”

“你哥哥想飞，他说他的腿让他感到沉重，他的梦想是飞起来。这就是我们到这儿来的原因。”

祥弟小心地解开白布。

“我不相信那是他。”祥弟最后说。

古蒂只是盯着骨灰，阳光照在四周的楼房上，显得不那么荒凉了。在远处，孟买的摩天大楼隐隐出现，俯视着贫民区。

“我想说这些，可是不知该怎么说，”祥弟说，“但是我喜欢你哥哥，虽然我才认识他三天。”

“我也是，艾玛也是。”

“希望我们能找到艾玛，”祥弟说，“她不在棚屋那边，希望她能回去。”

古蒂看着铁道，祥弟从她颤抖的嘴唇上看出来她在强忍着不哭。

“我们得帮桑迪飞起来。”祥弟告诉她。

他们小心地把桑迪的骨灰举起来，从桥上撒向空中。

桑迪变成了一千片灰色的碎片，在太阳底下闪着光，从铁道上掠过。祥弟想，那些骨灰就像小鸟一样，每一片都承载着桑迪的一部分。他的笑，他歪歪扭扭的牙齿，他带着口气的嘴，他深深的疤痕，他的瘸腿，他揽着祥弟肩膀的胳膊，他在妹妹耳边的笑声。

白布里的骨灰撒完了，祥弟松开手让白布也飘走。

去停在爸爸的脚边吧，祥弟对那块布说，那三滴血迹会帮他认出这块布，现在轮到他来找我了。

祥弟希望萨迪克夫人也能见证这一刻，因为她会为自己骄傲的。祥弟又想起了她的话：你不再是十岁了，你已经长成大人，让你变成现在这个大人样，是我的错。祥弟很感激萨迪克夫人，希望她能知道这些。

从某种程度上来说，就算爸爸不在了，也没关系了，祥弟想。如果我根本不认识爸爸，就这么想他，那我也能想象得出妈妈跟爸爸的分离是多么痛苦。如果他们都去世了，至少他们能在一起。

过了一会儿，祥弟对自己说，桑迪会在这座城市飞来飞去，去他喜欢的那些肮脏的地方。他会去看板球赛和斗鸡，会进赌场把兜里的钱输个精光，然后心满意足地离开。他的一部分会落在火车顶上，直到火车抵达终点。不过另一部分还是会继续飞，环绕这座城市，然后环游世界，不是祥弟了解的世界，而是从天上俯瞰的世界。

祥弟看着古蒂，古蒂在哭，突然祥弟知道该对她说什么了。"Khile Soma Kafusal，"祥弟抚摸着古蒂的脸说，"我在跟你说花园语言。"

这一次，古蒂没有问祥弟的话是什么意思，因为祥弟看着她的神情已经告诉了她。不过很明显，祥弟说的还不够。

"桑迪自由了，"古蒂说，"可我们就困在这儿了。"

“不，不会的。”祥弟说。

“我们永远离不开孟买了。”

“没关系，”祥弟说，“孟买会离开我们。”

“这是什么意思？”

“卡洪莎会出现的，那儿没有一点点儿痛苦和悲伤。”

“这可能吗？”古蒂满怀着希望问。

“只要你能想得到，就有可能。”祥弟坚定地说。

第十一章

报复 Revenge

穆斯林也武装了起来，跟我们一样。他们也像老虎一样凶猛，可法则是每一片丛林只能有一只老虎。在印度的丛林里，只能有一只印度虎。感谢大家能够履行作为一个印度斯坦人的责任，现在去拿起武器吧。

老太太拿来了两杯热腾腾的茶，阿南德·拜依和祥弟坐在达兹房间门外的台阶上。祥弟发现那儿的台阶也是三级，跟孤儿院的台阶数目一样多。他以前是多么喜欢从台阶上走下去，去看三角梅啊。阿南德·拜依的院子太单调了，也许有这么个人在这儿，花花草草也没法长吧。

达兹给古蒂吃了一片止疼药，古蒂又睡去了。祥弟喜欢达兹念出那种白色药片名称时的样子——Comb - bee - flaam，就好像它是个魔法种子一样。祥弟希望他能有像达兹和老太太这样的父母，他会叫他们爸爸妈妈，因为他这辈子还没有机会叫。

阿南德·拜依小口喝着茶，盯着隔开学校的院墙看，两只麻雀在他们面前的地上啄食吃。

“把茶喝了。”阿南德·拜依说。

“太烫了，”祥弟说，“我舌头上的伤口还在疼。”

阿南德·拜依把自己的茶放下来，把胳膊放在祥弟肩上。

祥弟觉得不舒服——阿南德·拜依没有给他温暖的感觉。萨迪克夫人是唯一能让祥弟感到温暖的人，但他没有让萨迪克夫人知道这一点。

“你明白什么叫不公平吗？”阿南德·拜依问。

“我……知道。”

“跟我说说。”

“如果好人遭了罪，那这是不对的。是这样的吗？”

阿南德·拜依把手从祥弟肩膀上拿下来，他从白衬衣兜里掏出一包金牌香烟，拿出一支烟来在包装盒上轻轻磕了三下，祥弟想阿南德·拜依在想什么，也许是他自己的童年，那时候他在院子里跑来跑去，跟差不多大的孩子们打板球。祥弟很难想象阿南德·拜依曾经也是个孩子，阿南德·拜依用金色打火机点着烟，将一股烟雾从嘴里喷出来。

“你还记得我跟你们讲过拉德哈拜的事吗？”

“记得。”祥弟说。

不过阿南德·拜依还是继续往下说，就好像他并不想要祥弟回答这个问题似的。

“那是一次烧死无辜者的事件，极端的不公平，明白吗？还有，在神庙发生的爆炸……你的朋友桑迪，他本不该死去的，连我弟弟那温也受伤了。”

“是……”祥弟说，“可是我们无能为力。”

阿南德·拜依深深吸了一口烟，他的牙露了出来。他把烟雾呼出来的时候，刚才还在啄食的麻雀正从他头顶上飞过。

“我们必须做些事情，”他说，“我们要让那些穆斯林明白，神是站在我们这边的，而不是他们那边。”

阿南德·拜依提到了神，这让祥弟又一次想起了神庙的大洞，想起了甘尼夏神像无助地躺在街上，既站不起来也没法往火场喷水。祥弟眼前还浮现出老太太做的那些神像，它们太小了，只能装在一个木盒子里。还有耶稣，倒是跟真人一样大，可就连祂也没办法。

“你觉得怎么样？”阿南德·拜依问。

“我……什么怎么样？”

“你觉得我们该怎么做？”

“我不知道，”祥弟说，“什么也做不了。”

“做不了？你的朋友死了，你就在那儿袖手旁观？你不想报仇吗？如果有人伤害了我的兄弟，我会把那家伙撕成碎片。”

阿南德·拜依把烟头扔到地上，祥弟看着烟头的火光一闪一闪的。

“我们也要对穆斯林实施同样的报复，”阿南德·拜依说，“这样的报复会在这个城市的很多地方同时进行，不光是在这儿。”

祥弟不太明白阿南德·拜依究竟是什么意思，阿南德·拜依挠着胸口，咬着牙。

“你也一起来，加入我们的队伍，这对你是个锻炼。我也希望我的人见见你，你人虽然小，但是面对危险却不害怕，他们会对你有好印象的，这样你就在队伍里有了位置。未来是属于你们年轻人的，如果我有五十个祥弟，想想我在几年之后力量该有多么壮大啊。”

“可是……”

“照我说的做，祥弟，你现在是我的人。”阿南德·拜依说。

阿南德·拜依站起来，把杯子里的茶泼出去，茶泼在了碎石子上，他摸摸胡子，看着地上的茶渍。

“你是我的人，”阿南德·拜依强调，“记住这一点。”

祥弟不知道该怎么办，他明白了为什么萨迪克夫人不许孩子们到街上去，为什么她想让孩子们离开孟买。

祥弟比以前更想念萨迪克夫人了，想念她那双瘦长的手。

夜深了，尽管阿南德·拜依院子里那些屋子的门都关着，院子里面却很热闹。来了大概十五个人，祥弟看到有一些人在抽烟，另外的人在活动胳膊腿，还有两个人在阿南德·拜依的房间外面走来走去。大部分人又矮又瘦，穿着平常的衣服：深色衬衣、牛仔裤或西裤，还有皮凉鞋。穆那也在，眼睛上缠着绷带，他也终生带上了阿南德·拜依的标记。祥弟想找“头奖”和“帅哥”，不过没看到他们。这就对了，他们今天晚上没有用。祥弟觉得穆那在冷冷地盯着他，好像他不应该在这里出现。

今天晚上，阿南德·拜依穿了一件黑衬衣，而不是平常穿的白衬衣。他的裤子也是黑的，看起来像制服一样。阿南德·拜依手里拿着一张折起来的纸，左手拿着一个手电筒，朝人们走过来。他跟每个人打招呼，祥弟听到了一些人的名字：拉托尔、维什努和斯塔兰。

阿南德·拜依朝汽车走过去，汽车停在后院达兹的房间外面，在西红柿和黄瓜地附近。阿南德·拜依进了车里面，把车开到人们聚集的院子中间来，汽车前灯照在那排平房墙上，墙上的裂缝立即显现了出来。

阿南德·拜依走出汽车，打开后备厢。后备厢盖一抬起来的时候，祥弟想起了桑迪盖着白布的遗体。阿南德·拜依打开手电，给大家看后备厢里的东西，有刀子，和阿南德·拜依割破祥弟舌头的那把一样，还有一些破破烂烂的弯剑，另外还有一根实心铁棒，还有把大铁锁，祥弟见过商店卷闸门上锁着这种锁头。后备厢里面还有两根板球棒。

阿南德·拜依面对着他的队伍，开始大声讲话。

“这座城市已经变得很危险了，”他说，“穆斯林也武装了起来，跟我们一样。我要让他们尝尝我们的厉害，他们也像老虎一样凶猛，可法则是每一片丛林只能有一只老虎。在印度的丛林里，只能有一只印度虎。感谢大家能够履行作为一个印度斯坦人的责任，现在去拿起武器吧，穆那和祥弟除外。”

人们伸出手去拿刀剑，刀剑相碰发出叮当的响声，等刀剑都分光之后，一个人拿起了铁棒，他摸着铁棒，亲吻起来。

“来吧，”阿南德·拜依说，“没人拿板球棒吗？它们可是颇给几个脑袋开过瓢呢。把板球棒拿上吧，咱们夜里也打打板球。”

两个人过去拿起了板球棒，球棒边缘很厚，木头看起来很旧，但是很结实。手柄上的橡胶把也是旧的，不过还算完好。

“我拿什么？”穆那问。

“你把铁锁拿上，”阿南德·拜依说，“你要把那家人锁在里面。”

穆那把手伸到后备厢角落里，把那把铁锁拿起来。

“现在别锁上，”阿南德·拜依说，“我没有钥匙。”

“是，阿南德·拜依！”穆那回答。他的舌头往嘴巴外面伸出来一点，好像嘴里塞着吃的一样。

阿南德·拜依用力关上后备厢，祥弟这下放心了，没让他拿武器，也许阿南德·拜依只是想让他在边上看着而已。阿南德·拜依在后备厢上面放了一张折起来的纸，祥弟发现那是之前在阿南德·拜依抽屉里的那张孟买地图。阿南德·拜依摊开那张地图，用手电筒照着。尽管祥弟有点害怕，那张地图还是吸引了他的注意力，他还从来没有见过孟买城的全貌呢。地图很旧，而且从祥弟站的角度看，就好像孟买有一张大嘴，跟《仙达玛玛》里的怪物在打哈欠一样。怪物的身上还有条纹，祥弟猜那是道路，不过他还是忍不住想，那是怪物皮肤上的纹路，像被割伤了一样。

“我之前已经告诉过你们，”阿南德·拜依说，“还会有很多次攻击。”

“谁去做呢？”拿着铁棒的人问。

“上面下命令了，我只能说这么多。咱们在这儿说话的时候，柏库拉那边已经干起来了。”

阿南德·拜依指着地图上柏库拉的位置，它在孟买怪物的喉咙深处，离它张着的大嘴只有几英寸远。

“今天晚上柏库拉会出事，还有帕若和达达尔，”阿南德·拜依说，“我知道你们不需要这张地图，你们已经很熟悉孟买城了，不过我把它带过来是有原因的。看看地图上的名字，写的是什么？”

“孟买。”有人回答。

“从现在开始，我们就不这么叫了，这个岛是属于孟巴德威女神的，我们必须把它改回印度城市的名字，叫马哈拉特！”

祥弟想起来马哈拉特是孟买所在邦的名字，萨迪克夫人这么告诉过他。阿南德·拜依用打火机点着了地图：“我们要烧出一个新孟买。”

人们沉默不语。

“我们今天晚上不去管穆斯林区，直到我们有更多的人手为止。”阿南德·拜依警告说，“目前来看，洞里，马丹普拉，阿格里帕达，J.J.医院，班迪市场附近都不要去碰。今晚我们先从普通人家开始，走之前，我要介绍一个人。”

阿南德·拜依用手电筒照着祥弟的脸，直接照到了他的眼睛，祥弟抬起手来挡住刺眼的光芒。

“这是祥弟，”阿南德·拜依说，“他是我的马仔，今天要和咱们一起出去，这是他第一次参加行动。”

“这么个小家伙？”有人不屑。

“他虽然小，但是有勇气，”阿南德·拜依说，“他的朋友桑迪在 Namdeo Girhe 丧生的那次爆炸当中也失去了生命，祥弟想用穆斯林的血为他朋友报仇。”

穆那听到这些的时候，一副非常吃惊的样子。祥弟在想是因为穆那还不知道桑迪的死讯？还是因为阿南德·拜依要他加入队伍？不过这两者都无所谓。

“沙安渠住着一家穆斯林，你们知道开阿拉伯咖啡馆的那个阿卜杜尔吧，就是拐过弯那家做穆格莱菜的？”

“辣鸡肉阿卜杜尔。”拿着铁棒的那个人说。

“对，就是那个阿卜杜尔，他的侄子住在沙安渠。”

“开出租车的哈尼夫？”

“嗯，他跟老婆和刚生的孩子住在一起。今晚我们要把他们三个烧死在家里，没人给他们祈祷。”

祥弟听到这些的时候，心脏停跳了一拍。

然后祥弟突然想道：这是否也是个试探，就像阿南德·拜依在我舌头上割了一下教训我一样？如果我跟阿南德·拜依说，我已经学到点东西了，那他也许会放我走，祥弟心想，阿南德·拜依不会指望我能看得了这么可怕的事情。

拿着铁棒的人说话了："没见这儿有汽油啊。"

"到地方就有了。"阿南德·拜依说。

"沙安渠是印度教徒的聚居区，为什么我们这么大张旗鼓地去烧一家人的房子呢？"

"如果有哪个印度兄弟同情哈尼夫，我们的武器就会提醒他，责任比友谊更重要。这家人在莫哈拉挺有人缘的，哈尼夫的老婆教孩子们读书写字，邻居们谁家出了事，哈尼夫就把自己的出租车借给他们用。"

达兹的房门开了，老太太蹒跚地走出来，看着这伙人。其中一些人从远处恭敬地跟她打招呼，但是没人走上前去。祥弟看着老太太，满心希望她叫自己进屋去，他知道如果自己朝老太太跑过去的话，阿南德·拜依会大发雷霆。于是祥弟闭上眼睛，想着那个装着神像的小木盒，他祈求所有的神灵帮帮他。

当祥弟听到老太太说"阿南德，让那孩子回屋去吧"的时候，简直不敢相信自己的耳朵。

阿南德·拜依没理她，朝队伍说："出发。"

"我们怎么过去呢？"有人问。

"豪华大巴。"阿南德·拜依说。

人们大笑起来，朝黄瓜和西红柿地那边走过去。

"阿南德，"老太太又开口了，"让那孩子回去，好吗？"

"老太太，回屋去！"阿南德·拜依发火了。

达兹从关着灯的屋子出来了，站在老太太后面，把手放在老太太肩膀上，领着她回了屋。

“阿南德·拜依，”祥弟轻轻地说，不让其他人听到他的话，“我已经接受教训了，我再也不撒谎了，请原谅我。”

“我早就原谅你了，这回是去干正事。有一天你会像我一样被人们敬畏，我觉得你有前途，你很勇敢，心也好。别怕，就连我第一次做这种事时也这么想过，但是这种感觉消失之后，你就自由了。杀了人，饱餐一顿，再睡个火辣的妞，然后睡觉。”

“可是，阿南德·拜依……”

“这是你的责任，如果你不履行的话，古蒂没准会出事的。你不希望古蒂受伤害，对吧？”

在沙安渠这条狭窄的小路上，四周安安静静的，只有从远处收音机里传来的微弱歌声。那边的小木屋都黑着灯，大多数屋子外面都放着大桶，祥弟看到桶里盛着水。有些屋子是用木板和竹竿搭成的，地板上盖着茅草，其他的屋子看着更结实些。有些棚屋漆成了绿色，窗台上搭着衣服和毛巾。

阿南德·拜依的队伍拿着刀剑和板球棒快步走过，也不在乎有人会发现他们。阿南德·拜依把手放在祥弟肩膀上，穆那又很凶地瞪了祥弟一眼，祥弟把T恤衫掖进短裤里去。

月亮照着住户的铁皮屋顶，月光映着刀剑的锋刃。祥弟在想他要不要跑过去警告哈尼夫家，有人要围攻他们，祥弟跑得很快，如果他不好好利用的话，跑得快又有什么用呢？可是祥弟不知道哈尼夫在哪儿住，就算他知道，打算跑去找哈尼夫的话，阿南德·拜依也会伤害古蒂的。

队伍很快到了胡同的末端，他们停下来，眼前是一间大一点的屋子，墙被刷成了蓝色，和其他屋子没有连在一起。门旁边的陶罐里种着小花，一个塑料的Bisleri瓶子里长着一根枯萎的藤蔓。和大部分小屋不一样，这家的房门看起来很沉重，屋子还有扇窗户，木头窗板关着。靠墙放着一辆自行车，两只车胎都没气了，屋子后面停着一辆黑黄相间的出租车，车顶上是银色的行李架。祥弟希望哈尼夫醒过来，开着车离开这儿。

阿南德·拜依举起右手，队伍停了下来。

他走到右面的小屋跟前，轻轻敲了敲门，一个光着膀子，裹着一块围腰布的男人开了门，递给阿南德·拜依一个大塑料桶。这个桶的四分之三装着液体，祥弟估计里面是汽油。阿南德·拜依给一个手下做了个手势，让他去拿。那人又给了阿南德·拜依一个棕色的瓶子，瓶口耷拉着一条白布，然后他缩回屋里去，轻轻关上了门。

祥弟不明白，这个人怎么能害他的邻居呢？

“你们两个到后面去，”阿南德·拜依低声说，“那儿没有门，但是有个小窗户，不能让人逃走了。”

两个人很快地到屋后去了。

阿南德·拜依向另外两个人发号施令："把汽油泼到墙上，不过小心点，我可不想把整条街都烧了。"

两个人每人拿着一小罐汽油，往屋子的外墙上泼，有些汽油洒在了他们的牛仔裤和凉鞋上。

"穆那，"阿南德·拜依说，"锁上门。"

穆那偷偷地朝门口走去，他合上门闩，然后挂上铁锁。他并没有锁住锁头，因为这样没准会闹出声响来，惊动哈尼夫。

"你知道我为什么会找这家吗？"阿南德·拜依低声问祥弟。

"因为……这家是穆斯林……"祥弟有气无力地回答。

"这是一个主要原因，"阿南德·拜依说，"但是记住，要在干活的时候找到乐趣，就得有不止一个原因，要一举两得。知道吗？我年轻时候的女朋友就住在这儿，她叫法哈娜。那时候她爱我，我也爱她，但她是穆斯林，尽管她是我的人，最后还是嫁给了哈尼夫。今天晚上我要对这个偷走她的男人复仇，这就让我们今天的行动更加与众不同。"

祥弟看着他身边的这支队伍，想起了萨迪克夫人，她虽然不是祥弟的妈妈，但至少是个好人。祥弟还想起了普什帕，本来她长大以后他俩能成为朋友的。祥弟甚至还想起了他爸爸，虽然他丢下了祥弟，但也比阿南德·拜依强得多。

突然，从他们左面那排屋子那边，一个老太太打开门朝这边的暗处望过来。

“谁呀？”她问。

“进去。”阿南德·拜依说。

老太太没听他的，她发现人们往那座蓝色屋子上浇汽油，没准她还看到了刀锋。她竭尽全力尖叫着呼救。

“把门插上！”阿南德·拜依吼着。

他的声音划破了夜空。

沙安渠躁动起来，但是阿南德·拜依的手下没有人惊慌。阿南德·拜依又用上了手电筒，照着老太太的脸，然后又用光柱扫着剩下的居民。男人们，有些穿着裤子，有些穿着咔叽布短裤，剩下的系着方格围腰布，迷迷糊糊地揉着眼睛。阿南德·拜依只是对着他们说：“如果有人管闲事的话，就杀了他。”

哈尼夫和家人意识到他们被从外面锁起来了，他们绝望地敲着门。有几个邻居从屋里出来，马上被刀子逼住。

“回去。”阿南德·拜依说。

“到底出什么鬼事了？”一个人问。

阿南德·拜依用手电筒照着自己的脸，电筒的光从下面照上去，他的黑胡子闪着金光，眼睛下面的黑眼圈更明显了。

“你们大部分人都知道我是谁，”阿南德·拜依说，“那你们就该明白我的本意。两天前的一个晚上，在约格什瓦里的拉德哈拜，有个印度家庭被烧死了。现在我们要以牙还牙，也烧死一个穆斯林家庭。如果有人敢管闲事，就杀掉他。接下来的日子里，整座城市都会陷入火光中，到时候这一片地方就需要我来保护。”

“可是我们的房子也会烧着的。”有人说。

“那个蓝房子是独立的，我们已经看好了。现在回屋去！”

阿南德·拜依的手下站在他两边，尽管大部分人又瘦又小，但他们拿着的武器使他们显得很凶猛。居民们退回屋子里，阿南德·拜依把手电筒扔到了地上。

拿着铁棒的人突然朝蓝色屋子的窗户前走去，好像听到了什么声音一样。

窗户打开了。

在没有警告的情况下，男人拿铁棒向从窗外窥视的面孔砸去。随着一声令人作呕的声响，那个面孔消失了。一定是那个出租车司机哈尼夫，祥弟想。男人站在窗外守卫着，铁棒放在身边，看来随时准备在必要的时候重复那个动作。

在小巷的黑暗中，祥弟听到蓝色棚屋里传来了女人的尖叫声：“救救我们，来人哪，救救我们！”

祥弟还听到了孩子的哭声，肯定是哈尼夫老婆刚生的小孩。祥弟想象着哈尼夫倒在地上，牙齿被铁棒打碎，一股血从鼻子和嘴里流出来，他老婆用拳头拼命敲打着被闩住的门。

祥弟吓得不敢动，也没有邻居去救这夫妇俩。大部分男人和女人们都回到了他们的棚屋，少数仍然留在外面的人看起来就跟祥弟一样害怕。

阿南德·拜依手里拿着那个棕色瓶子，居高临下地看着祥弟。“你知道这是什么吗？”他问。“这是燃烧瓶，看到那个白色的东西了吗？那是引线。我一点着引线，你就把燃烧瓶从窗户里扔进去。”

祥弟不敢相信自己的耳朵，他只是盯着阿南德·拜依看。

阿南德·拜依朝祥弟弯下腰：“我要你去扔这个燃烧瓶，这是你扬名立万的唯一机会。”

“求你了……”祥弟说。

“把这家人的房子点着，不然我就把你和他们一起烧死。”

“求你了……我不能伤害别人……”

阿南德·拜依用手搂着祥弟的脖子，看着他的眼睛。尽管祥弟想躲开他的目光，可是却办不到，祥弟开始反胃，好像快要吐了一样。阿南德·拜依卡着祥弟的喉咙。

“古蒂怎么办？”阿南德·拜依问，“想想古蒂。”

“把我和古蒂都杀了吧……”祥弟说，“我不能这么做……”

“我会杀了你，但我不会杀古蒂，”阿南德·拜依说，“哈尼夫一家反正都得死，你扔不扔这个炸弹都一样。但是古蒂的命运就掌握在你手里，因为如果你不扔的话，我就把古蒂卖掉，把她卖给老头子。”

这些话像针一样扎进祥弟心里，他更难过了。

阿南德·拜依一只手紧紧抓住祥弟的肩膀，把他朝窗户那儿推过去，另一只手还拿着那个燃烧瓶。

“走到窗户那儿去，”阿南德·拜依说，“你就要成为一个男子汉了。”

可是祥弟动不了。

祥弟听到了女人的尖叫声，尽管没有人站在窗边，祥弟还是看到了她：哈尼夫的老婆，长着大大的黑眼睛，跟祥弟之前想象的他妈妈的眼睛一样。

阿南德·拜依把那个瓶子塞进祥弟手里，同时自己也还握着瓶颈。

“求你了……”祥弟说，“我做不到……”

“古蒂会一夜一夜地哭泣，她会生不如死，这都是你的错。你还是把瓶子扔进去吧，他们反正都得死，想想古蒂，她会像基罗那一样。你还记得基罗那吧？”

祥弟想起了基罗那，他想起了那摊血。

阿南德·拜依松开了瓶子。

他点着了打火机，火苗在闪着光。

“求求你了……”祥弟说，“求求你了……”

“祥弟，现在开始吧，不然我就要让我的人今天晚上就把古蒂带去卖掉。”

祥弟不由自主地抓紧了瓶子。

阿南德·拜依点着了引线。“扔进去！”他命令道。

祥弟像被子弹击中一样，颤抖了一下。

他把燃烧瓶从窗户扔了进去。

瓶子摔在地上着起火来，祥弟转过了身子，尖叫声划破了夜空，好像火是一种动物，急着去吃人。

阿南德·拜依的人四下奔逃，祥弟看着阿南德·拜依，他站在那里就像在地上生了根一样。穿着一身黑衣，看上去像黑夜的一部分。祥弟不明白阿南德·拜依怎么能在这种时候笑起来，而且根本没有要跑的意思。

祥弟逃走了。

第十二章

未来 *Future*

太阳慢慢地升上天空，把自己的光芒跳跃着照向四方。在祥弟身后，突然出现了一群飞翔的鸽子，好像它们是同时飞上天空一样。海浪在祥弟和古蒂下面哗哗地流淌，祥弟坐得离古蒂更近了，把手放在了她的手上。

院子已经全空了，一个阿南德·拜依的手下都不在，甚至连他自己的房间都关着门。院子角落里拴在木桩上的那只山羊醒了，它卧在地上，不时抬起头四处看看。祥弟坐在地上看着山羊，他回到这边已经一个多小时了，可他还是没有去敲达兹的房门。

古蒂只要看他一眼，就会发现他一定是做了什么可怕的事，他该怎么跟古蒂说呢——我，祥弟，杀了人？也许古蒂都不认识他了，如果因为他刚才做了那样的事情，长相已经开始变样了怎么办？

不过萨迪克夫人会认出他来，祥弟觉得萨迪克夫人就在他耳边说：记住，做贼一次，做贼一辈子。我比做贼糟糕多了，祥弟对她说。这会让萨迪克夫人痛苦地倒吸一口凉气。

如果祥弟当初待在孤儿院就好了，他就会和那些三角梅整天待在一起。祥弟闭上眼睛，想象着那些三角梅抚摸着他的脸，可这回它们一碰到他，就缩了回去。

祥弟又看到了哈尼夫的老婆，她只是看着祥弟，长长的黑发在火中燃烧。

突然夜幕中传来一声尖叫，祥弟睁开眼，周围并没有人。他希望阿南德·拜依割掉他的耳朵，因为如果他的耳朵还在，这辈子都会一直回响着哈尼夫一家痛苦的叫声。

也许胡同里的人们在救火，祥弟想，房子烧了，没准那家人还能活下来。

他想到这里，明白这是不可能的。阿南德·拜依一直守在那儿，确保没人逃出来。祥弟只能希望哈尼夫一家早早停止呼吸，少受点罪。

祥弟听到从门那边传来沉重的咳嗽声，门突然开了，是老太太。她还在咳嗽着，走出来在院子里吐了口痰，然后轻轻地“啊”了一声。她还没看到祥弟，祥弟那会儿也不想见人。老太太正要转过身回屋。

“祥弟？”她问。

她的眼睛看着暗处的时候，眯了起来。祥弟没应答，也没站起来，他还是背靠着墙坐在地上一动不动，一条腿弯着，另一条腿往前伸着。

“祥弟……”老太太又叫了一遍，这回声音更柔和了。

老太太本来就驼背了，这回朝着祥弟又把腰弯得更低。她离得太近了，祥弟觉得有点不舒服。老太太把手放在祥弟头上，什么也没说，她尽量直起腰，回到房间。

祥弟听到老太太在屋里走来走去，还有厨具相碰的声音，接着是达兹的鼾声，突然响起来，又突然停下。祥弟很高兴古蒂还在睡觉，他没有勇气面对古蒂。祥弟决定离这间屋子远点，在这儿坐着，他觉得冷，好像心脏在发抖一样。

正在祥弟想把手放在地上撑起身子的时候，他听到了一个声音："今晚，我们要好好乐一乐……"

是阿南德·拜依，他左手拿着个威士忌瓶子，右手揽着一个人的肩膀，就是往哈尼夫脸上挥铁棒的那个男人。

"拉妮带来一个朋友，"阿南德·拜依说，"我们要乐一乐。你想乐一乐吗？"

"对，"那人说，"我想乐一乐。"

两个人发出了刺耳的笑声，祥弟一动不动地待着，他希望阿南德·拜依他们没有注意到他。他们正要从祥弟身边走过的时候，达兹的房门吱吱嘎嘎地响了起来，一只手推开门，门撞到了墙上。祥弟知道那是古蒂的手，他希望古蒂能回屋去。

阿南德·拜依他们警觉地转过身，发现是古蒂站在门口的时候，又放松下来。阿南德·拜依往右边一看，祥弟缩在那里。

"祥弟。"阿南德·拜依说。

阿南德·拜依走上达兹房间的三级台阶，像刚才老太太一样朝祥弟弯下腰。

"你今天晚上表现得很好，"阿南德·拜依说，"很勇敢。"他把手放在祥弟肩上按了按。"记住这个晚上吧，今天晚上你就变成一个男子汉了。”祥弟闻到阿南德·拜依嘴里散发出的酒气，他的黑衬衣被汗湿透了，粘在身上。阿南德·拜依朝古蒂转过身问：“你知道我们的小英雄今天做什么了吗？”

祥弟一动不动，好像已经忘了怎么动一样。

可是阿南德·拜依竟然往古蒂那边走了过去，把手放在古蒂头上看着祥弟。“你们俩对我来说都很特别。”阿南德·拜依说。然后他用手指头挑起古蒂的下巴，看着古蒂说：“你也很特别，古蒂。”

祥弟心生怒火，他站起来面对着阿南德·拜依，右手握紧了拳头。

“记住我说过的话，祥弟。”阿南德·拜依说，“要忠于……”

这时老太太出来了，她慢慢地向古蒂伸出手，古蒂走到她身边，依偎在她怀里。

“阿南德，天晚了，”老太太不容置疑地说，“去睡吧。”

祥弟看到古蒂依偎在老太太怀里的时候，他明白了什么。也许只有在这儿，在阿南德·拜依的院子里，就在阿南德·拜依母亲身边，古蒂才是安全的。老太太喜欢古蒂，不会让阿南德·拜依伤害她。祥弟决不会相信阿南德·拜依——他刚说完的话就会反悔，不过祥弟相信老太太。只要她还在世，古蒂就会平安无事。如果他和古蒂跑了，老太太就没办法保护他们了，他们会被阿南德·拜依抓住，古蒂就会吃大苦头。

阿南德·拜依把手伸进黑裤子兜里，掏出一张五十卢比的钞票，把钞票放在祥弟手里。

“你今天干得不错。”阿南德·拜依说。

祥弟的手僵硬得握不住钞票。

阿南德·拜依朝老太太笑了一下，走下台阶，喝了一大口酒。然后又搂着之前那个人的肩膀，往自己的房间走去。

祥弟看着手里的钱，是一张崭新的五十卢比钞票，这比他之前拿过的所有钱都要多，可是他鄙视这钱拿在手里的感觉，他在尽力抵制着要把那张钞票撕掉的冲动。祥弟攥紧钞票，放进短裤兜里。他现在需要钱，要钱来养活古蒂和艾玛，还有，他不知道会不会需要钱逃跑。

老太太回屋去了，祥弟听到她往容器里倒水的声音。祥弟觉得腿软，就又坐了下来。古蒂也坐了下来，什么也没说。祥弟看到阿南德·拜依打开房门，把瓶子里最后一点威士忌喝干，然后把空瓶子扔到地上。

祥弟看着隔开院子和学校操场的那堵墙，再过几个小时，太阳就要出来了。那几间屋子的房门就会打开，比迪烟的气味会在整个院子里弥漫开来，学校会响起上课铃声。

祥弟发觉古蒂在看着他，他仍然盯着前面那堵水泥墙。

“出什么事了？”古蒂轻轻地问。

祥弟想闭上眼，把头放在古蒂膝盖上，可是他做不到。一种诡异的寂静包围了院子，好像在暗处，所有人都醒来了一样。

在那座被烧毁的废墟中间，能看到大块的石头，老鼠往洞里钻，玻璃碴在路灯下闪着光。

古蒂走在祥弟前面，手里拿着三根香蕉，是老太太给的，让他们第二天买点煎饼和豆子回去。老太太还说如果古蒂想洗澡的话，可以回去洗个澡。

他们走近棚屋的时候，古蒂加快了步子。

艾玛回到了棚屋，手里还抱着孩子，看着夜空，嘴里念念有词，好像是在求上天保佑她的孩子。

古蒂朝艾玛走过去，把手轻轻地放在艾玛背上。艾玛还在望着天，不过把孩子交给了古蒂，然后不嘟囔了。她摇着头，慢慢低下头来。

古蒂把孩子放在棚子里的一块塑料布上，她剥开一根香蕉，喂给艾玛吃。艾玛抓着古蒂的手，她不想让古蒂喂她，把香蕉吞了下去。祥弟在想那孩子有没有好一点，天一亮他就去买点牛奶给孩子喝，他要来照顾那孩子，让孩子活下去。

祥弟看到棚屋角落的地上有什么东西，当他拿起桑迪那件油渍渍的衬衣的时候，嗓子里像堵着什么东西一样。衬衣上有汗味和比迪烟的气味，那一定是桑迪最后碰过的东西。他去神庙外面之前，肯定是把这件衬衣往地上一扔。祥弟在想一件衬衣怎么会让他有这样的感觉，当火焰吞没桑迪遗体的时候，他一点都没哭，可是现在看到这件衬衣……

艾玛吃完香蕉，在孩子身边躺下，闭上眼睛。祥弟心想，她甚至都不知道自己的儿子死了。有几只苍蝇飞到艾玛脸上，祥弟把它们赶走了，祥弟赶苍蝇的时候，艾玛舔了舔自己的嘴唇。祥弟把孩子肚子上的汗擦掉，又赶忙把手拿开。

古蒂吃了一根香蕉，把剩下那根递给祥弟。祥弟开始剥香蕉，不过剥得很慢，好像不敢吃一样。祥弟的目光还停在孩子身上，他想告诉古蒂，他杀了一个那样的孩子。

古蒂知道，她知道祥弟做了什么。

或者她以后会发现的，人人都会谈论起沙安渠发生的一家人被烧死的惨剧，古蒂就会明白祥弟在这里面做了什么，因为阿南德·拜依叫他英雄。

祥弟看着孩子在呼吸的时候，肚子一起一伏。另一个孩子……哈尼夫的孩子……肯定也在沉睡。不，祥弟提醒自己，他听到了屋子里孩子的哭声，孩子那时候已经醒了。

有什么东西在撕扯着祥弟的心，祥弟不知道该怎么让它停下来。

也许他该跟古蒂说，把他做的事情向古蒂如实交代。

不，他绝不能告诉古蒂，他知道古蒂在注意他，他很高兴。祥弟那件可怕的事情是被迫为古蒂做的。

就让古蒂继续注意他吧。

祥弟想到这一点的时候，又觉得有点惭愧。他不能因为这个去怪古蒂，桑迪或者古蒂都会为了他去做同样的事情。

古蒂靠在一边，握着祥弟的手，祥弟都没意识到他的手在抖。祥弟马上把手从古蒂的手里抽出来，这是抓过燃烧瓶的那只手。

“无论发生了什么，都会好的，”古蒂轻声说，“没事了。”

永远不会过去的，祥弟想。

“跟我来，”古蒂说，“我带你去一个地方。”

祥弟躺在地上，闭上眼睛。跟古蒂出去也没有用的，无论古蒂带他去哪里，沙安渠的火焰都会跟着他。

一辆出租车的音响在放着首印度语老歌。祥弟走着，从出租车的前车窗望进去，看到一串白色茉莉花从后视镜上挂下来。然后他看着手里的花环，告诉自己，他拿着的花环是与众不同的。不是因为花环是用金盏花和百合花编成的，而是因为那是他自己编的，他为桑迪编的。

古蒂一直想把祥弟带到这儿来待一会儿，他最后同意今天和古蒂去，是因为就在整整一个月以前，桑迪死了。在过去的那些日子里，祥弟都没怎么说话。

当他们向泰姬陵酒店走去的时候，一群乌鸦正在树上哇哇叫。从树枝的缝隙中，祥弟能看见天空呈现一抹浅浅的橙红色。天刚亮，能听到送牛奶的自行车发出的叮当声。送奶人从祥弟他们身边经过，穿着咔叽布短裤，蓝T恤，自行车一边挂着装牛奶的钢桶。

他们走近海堤，祥弟发现印度之门就在眼前。他看到了那座褐色的建筑，建筑上的四座塔楼，和中央的拱门，他在想为什么要建这座门。对面的泰姬陵酒店像一座旧宫殿，它的四角被橙色圆顶连接在一起，中间是一个大圆顶。鸽子在酒店的白色窗棂上唧唧喳喳，还有一些聚集在石墙上。穿着制服的清洁工嘴里嘟囔着，拖洗着酒店的水泥台阶。酒店右面，椰子树在公寓楼前面种成一排，虽然公寓楼看着旧，但是阳台很宽敞，而且似乎很结实。

在祥弟身边，清洁女工在用大扫帚清扫夜里留下的垃圾，穿着白色短裤的老头们从海堤边走过。一个留着卷胡须的男人蹲着，边上放着一个煤油炉，在卖小纸杯装的印度茶。流浪狗和鸽子跟乞丐们一起占据了人行道，一个没有腿的人在手摇轮椅上睡着了。一个公共汽车司机站在他那辆蓝色游览车旁边，手里拿着一根熏香，他把熏香不停地转着圈，一边用低沉的声音念着祈祷词。祥弟也想祈祷，为出租车司机哈尼夫祈祷，但他只是闭上眼睛，默默地请哈尼夫饶恕他。

“我过去常和我爸爸来这儿，”古蒂说，“我们就在这儿坐一整天，喝着茶。这是我在孟买最喜欢的地方。”

古蒂坐在海堤边上，摇晃着两条腿，海水就在她下面。古蒂看着祥弟，祥弟知道古蒂想让他过去，就走到她身边坐下。太阳向四周发出柔和的光芒，这个地方和祥弟之前见过的任何地方都不一样，四周宽阔无边，大海一望无际。

祥弟摸着手里的花环，老太太教他在花朵之前留出适当的距离来，这样花朵就有呼吸的余地。老太太教祥弟做的时候，祥弟很高兴。再过几个小时，祥弟就会去达兹的房间，坐在地板上，旁边放着个装满金盏花和百合花的篮子，开始编花环。

祥弟望着地平线，想到了桑迪。现在，桑迪肯定实现了他的梦想，他一定飞遍了孟买的每一个角落，看了每一场板球赛，在每一个赌场里都赌了钱。桑迪的话回荡在祥弟耳边：然后我就像冠军鸟一样，永远不停下来。尽管大海这么宽广，桑迪也会一下子飞过去，谁知道呢？他没准嘴里还会含着支比迪烟。

祥弟为桑迪编了这个花环，因为他根本就没来得及跟桑迪告别。当葬礼的火焰吞没桑迪遗体的时候，祥弟只是在那里看着。他希望桑迪原谅他。想到这儿，祥弟把花环扔到了大海里，花环越来越远地漂走了。海浪会把花环带到哪儿呢？祥弟想。祥弟希望自己和古蒂也能像花环一样远涉重洋，到大海的另一边去。

“有时候我会梦到桑迪在我们村子里，”古蒂说，“他在假装不能走路玩。”

祥弟什么也没说，他听见鸽子唧唧喳喳，想起了孤儿院的院墙。也许现在孤儿院已经拆掉了，祥弟希望大家都好，尤其是萨迪克夫人和普什帕。

“祥弟，跟我说说话吧，”古蒂说，“如果我们给阿南德·拜依干，我们还是好人，对吧？”

祥弟微微抬起头，看到了古蒂的脚，脚上的细纹黑糊糊的。接着祥弟看到了古蒂膝头的棕色裙子，松松垮垮的很不合身，然后是古蒂一直戴着的橘红色手镯。可是祥弟却无法再往上看——看着古蒂的脸和眼睛。

“祥弟，你得跟我说说话，”古蒂说，“你都不怎么跟我说话。”古蒂的声音变得嘶哑起来。

可是祥弟仍然凝视着海水，还有来来往往的小船。清洁工的扫帚在他们后边沙沙作响，还能听到小狗的喘气声。

祥弟看着远处的地平线，伸出手环绕着肋骨，肋骨还跟以前一样外凸，不过他现在明白了它们是永远不会变成长牙的，警察虎也不会从派出所墙上的蓝黄色条纹里跑出来。祥弟不得不找其他的方法来保护古蒂。

但是他没有什么可以来坚持的，当他离开孤儿院的时候，他有卡洪莎。他看得那么清楚，好像是真的存在一样，现在就连三角梅也没有用了。

祥弟听到古蒂深深地呼吸了一下，他还是没往古蒂那边看，因为如果古蒂在哭的话，他也帮不上什么忙。

不过古蒂开始唱起歌来。

古蒂的声音让祥弟吃了一惊，有那么一段时间，祥弟就是看着脚下的海水不断冲刷着海堤。古蒂的歌声一开始很柔和，不过当她的声音逐渐升高的时候，祥弟又想起了第一次听到她的优美歌声的时候。祥弟知道就算古蒂就坐在他旁边，她也离得很远。

祥弟看着远方，看着远处海天连成一线，好像朋友一样。不久，太阳就会从大海中升上天空，没准大海也会把古蒂的歌声传递给她爸爸，甚至桑迪。

不过祥弟又觉得古蒂是在给他唱歌，他在想古蒂怎么会去唱歌给他听，因为是古蒂自己失去了哥哥。古蒂都没怎么哭，可能是因为她希望祥弟好受些，祥弟不知道古蒂从哪里得到这样的勇气。

祥弟看着古蒂的左手伸向前方，就好像古蒂在指引她的声音往那儿走一样，她在指挥着自己的声音越过大海，随着手的摇摆，声音就会知道要跳过哪些波涛，又从哪些海浪中穿过去。古蒂的手摇摆的时候，手上的橘红色手镯叮叮当当地互相碰着，祥弟的目光越过古蒂的手肘，到了裙子的袖口，这时他注意到了古蒂的胸部。

古蒂唱得太用力了，胸前一起一伏。

古蒂的歌声向大海飞去，这歌声是发自她内心的。

这就是古蒂的力量所在。

这时，祥弟觉得他内心也有什么要出来似的。

他告诉自己什么都有可能。

可能是一只警察虎。

对，那些警察虎一直在他心里，就算它们现在还在沉默，有一天它们会吼叫起来，有一天祥弟会让它们出来。

祥弟想告诉古蒂这些，古蒂的歌声还在波涛中飘荡。

就在那时，祥弟听到了一个声音，是一群马在飞奔，富有野性的力量。孟买所有的马车都在海边，这本身就是一件稀奇的事情，而让祥弟更吃惊的是这些马的样子。这些马是三角梅做的，它们健壮身体的每一根血管和纤维都是花朵组成的。它们朝着海堤奔驰过来，越过惊呆的人们头顶，跃入海中。

祥弟的心怦怦直跳，他深深吸了一口气。

太阳慢慢地升上天空，把自己的光芒跳跃着照向四方。

在祥弟身后，突然出现了一群飞翔的鸽子，好像它们是同时飞上天空一样。

海浪在祥弟和古蒂下面哗哗作响，祥弟坐得离古蒂更近了，把手放在了她的手上。